끼끄르륵기록

가장
순수한
것들의
찬란한
울음소리

까르륵까르륵

가장
순수한 것들의
찬란한 웃음소리

월간
정여울

천년의상상

차례

가장
순수한
것들의
찬란한
웃음소리

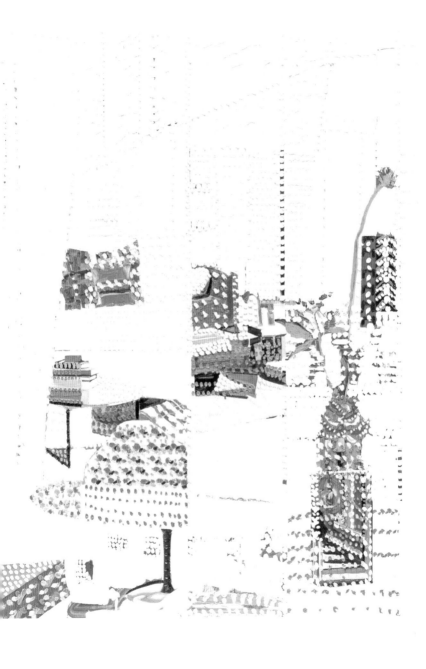

들어가는 말

까르륵까르륵,
삶을 바꾸는 미소의 힘

앗, 내가 왜 이 제목으로 '한 권의 책'을 만들 수 있다고 했을까. '까르륵까르륵'이라니. 나의 삶과는 거리가 먼, 지나치게 귀엽고도 사랑스러운 의성어가 아닌가. 가끔 과거의 내 결정이 현재의 내 발목을 붙잡을 때가 있는데, 바로 이런 경우다. 아차, 그때 내가 왜 그랬을까. '까르륵까르륵'이라는 미소의 향기만으로 어떻게 한 권의 책을 만들 수 있을까. 눈물이 오히려 익숙하고 웃음이 아직도 낯선 나에겐, 엄청난 도전이다. 하지만 내 마음 깊은 곳에 어쩌면 까르륵까르륵, 아기처럼 미소 짓는 또 하나의 자아가 숨어 있는지도 모른다. 어쩌면 '진지하게, 너무 진지하

게' 살아왔던 내 삶과 글쓰기를 향한 내 가여운 무의식의 작
은 반란이었을지도 모르겠다. 까르르까르륵, 이제 나도 한
번 밝아져 보자고, 환해져 보자고, 웃음 짓기를 두려워하지
말자고. 저 멀리 사라져가는 사람들의 서글픈 뒷모습의 아
우라에만 집착하지 말고, 때로는 삶의 짐을 불현듯 탁 내려
놓고 미래도 과거도 생각하지 않는 아기처럼 그렇게 활짝,
웃어보자고.

　사실 미소의 범위를 좀 더 넓혀보면, 나 또한 꽤 잘 미소
짓는 사람이 아닐까. 때때로 나의 미소는 조금 복잡한 빛깔
을 띠고 있다. '기쁨+기쁨'이 자아내는 확연한 미소가 아니
라, '슬픔+기쁨', 혹은 '안타까움+기쁨', '설움+기쁨'이 어우
러진 양면적인 미소일 때가 많았다. 그런 나에게 웃음의 단
순하고도 풍요로운 의미를 가르쳐준 존재는 나의 조카들이
었다. 현서, 윤성, 준우는 신기하게도 우리 가족이 참 힘들었
을 때마다 기적처럼 태어나주었다. 아이들이 우리에게 와
주지 않았더라면, 우리 가족은 지금보다 훨씬 힘겨운 나날
을 보내고 있었을 것이다. 아버지의 사업 실패와 오랜 병간
호에 지친 나머지 "웃을 일이 없다"고 하소연하시던 엄마도,
손주들을 보면 그야말로 '푸근한 엄마 미소'를 지으며 나에

겐 한 번도 보여준 적이 없었던 완벽한 행복의 미소를 머금
으셨다. 그때까지 나에겐 한 번도 '사랑한다'는 말을 한 적이
없던 우리 엄마가 막내 조카 준우에겐 "사랑해, 사랑해, 사랑
해"라고, 낯간지러운 그 고백을 무려 세 번이나 연거푸 반복
하시는 것을 보고 기겁한 적도 있다. 그것도 만면에 미소를
지으시고는. 어처구니없었지만, 진정으로 기뻤다. 애면글면
살아오신 엄마에게도 저토록 환한 미소가 살아 숨 쉬고 있
다는 것이, 참으로 다행이었다. 호빵맨처럼 포동포동한 볼
따구니에 과자를 잔뜩 집어넣고 오물오물 씹고 있는 준우를
보면 누구나 '마음속의 빗장'이 와르르 무너지게 된다. 그저
푸근한 엄마 미소를 짓게 된다. 아이들은 그렇다. 아이들은
내게 '설명할 수 있는 미소'가 아니라 '설명할 수 없지만, 그
저 이 순간이 너무 아름다워서' 지을 수밖에 없는 그런 미소
를 내게 가르쳐주었다.

　우리 집의 첫 아기 현서는 몸을 뒤집고, 기어가고, 걸음마
를 하고, 1, 2, 3을 배우는 평범한 과정 하나하나가 모두 기적
처럼 눈부신 행복이라는 것을 가르쳐주었다. 현서가 온 방
바닥 먼지를 다 쓸며 엉금엉금 기어갈 때는 애니메이션 「라
바」에 나오는 애벌레처럼 사랑스럽기 이를 데 없었고, 숫자

9를 보며 자랑스럽게 "1!"이라고 당차게 선언할 때는 그 백치미조차도 귀여워서 너털웃음이 나왔다. 내가 가장 힘들고 외로웠을 때 찾아온 우리의 '복덩이' 현서 덕분에 나는 글쓰기를 포기하지 않고, 작가의 꿈을 접지 않고, 사람과 인생과 세상을 계속 사랑하는 일을 멈추지 않을 수 있었다. 이 세상 모든 죄를 씻어내는 듯한 현서의 까만 눈동자를 가만히 바라보고 있으면 그저 바보같이 웃음만 나왔다. '낮에 괜히 화를 냈어, 화내봤자 잘되는 일도 없는데.' '그 사람한테 너무 차갑게 대했나 봐, 좀 더 친절하게 대해줄걸.' 현서의 눈을 바라보고 있으면, 내 마음은 그렇게 누그러지고 해맑아지고 환해졌다. 이것이 삶을 바꾸는 미소의 힘이었다. 사랑스럽고 아름답고 순수한 것들만이 불러일으키는 미소가 내 삶을 이미 오래전부터 바꾸고 있었던 것이다.

화장실에서 '큰 일'을 볼 때조차도 쉬지 않고 목청껏 노래를 불러대는 윤성이는 "매일매일 너무 재미있고 행복해요"라고 외치는 신기한 여섯 살 꼬마였다. 사람들은 언제 어디서나 햇살처럼 환하게 웃어대는 윤성이를 보고 어이가 없어서 이렇게 묻는다. "넌 인생이 그렇게 재미있니?" 그러면 아직 인생이 무엇인지도 모르는 여섯 살 꼬마가 '장화 신은 고양이'처럼 커다란 눈알을 굴리며 이렇게 대답한다. "네, 저는 매일매일 너무 재미있고 신나요." 도대체 무엇이 그렇게 신나고 재미있는 건지, 이제 일곱 살이 된 꼬마 윤성이의 신비로운 정신세계를 온전히 이해할 순 없지만, 윤성이를 볼 때마다 지친 어른들의 입가에도 웃음이 번져 나오는 것은 막을 길이 없다. 나는 조카들을 통해 인생에 지쳐 찌들고 피폐해진 모든 사람들에게도 이토록 조건 없이 귀엽고, 어처구니없이 사랑스러운 어린 시절이 있었음을 이해했다.

　슬픔에 익숙해진 내 신체가 행복이나 미소 앞에서는 오히려 멈칫해왔듯이, 많은 사람들이 행복 앞에서 도망치려 한다는 사실을 알게 되었다. 행복한 순간에 나는 오히려 악몽을 많이 꾸었다. 밤에 꾸는 악몽이 아니라 멀쩡히 눈떠 있을 때 꾸는 낮의 꿈이었다. 이 행복이 송두리째 사라져버리는 꿈, 내가 느끼는 모든 달콤한 기쁨이 연기처럼 날아가 버리는 꿈. 행복할수록 나약해지는 느낌, 행복 앞에서 오히려 도망치고 싶은 느낌이 오랫동안 나를 떠나지 않았다. 행복을 즐길 줄 모르는 나의 몸과 마음이 내 인생을 '무진'의 안개처럼 온통 휘감고 있었음을 알게 되었다. 하지만 이제는 안다. 나 또한 늘 행복할 수 없고, 행복을 목표로 삼아서도 안

되지만, 행복이 우리 앞을 스쳐 지나가는 순간, 그 순간을 있는 그대로 말갛게 받아들일 수 있는 용기가 필요함을 깨달았다. 그리고 더 나은 삶을 살기 위해 몸부림칠수록, 외부에서 행복한 일이 일어나지 않아도 내 마음속에서 저절로 솟아 나오는 행복을 느낄 수 있는 용기가 내 안에서 샘솟고 있음을 깨달았다. 이 책은 그렇게 내 마음속에서 따스한 미소를 불러일으키는 순간들의 내밀한 기록이다. 내 글을 읽고 사람들의 입가에 미소가 피어오르는 그 순간을 보고 싶다. 「개그콘서트」처럼 배꼽 잡는 폭소를 터뜨리게 할 수는 없지만, 내가 간직한 빛이 당신의 마음을 봄날의 햇살처럼 간질이는, 그런 글을 쓰고 싶다. 돌이켜보니, 내가 글쓰기를 통해 결국 다다르고 싶은 내면의 오아시스도 곧 '당신이 웃을 수 있는 바로 그 순간'이었다. 까르륵까르륵, 아이들의 천진한 웃음소리는 내 안의 모든 우울을 한꺼번에 씻어주는 영혼의 카타르시스였으니.

2018년 겨울의 끝자락, 봄이 오는 길목에서
당신의 미소를 상상하면 벌써부터 가슴이 두근거리는
행복한 글쟁이 정여울

지금이
몇 시인지
깜빡
잊어도
좋은
시간

어떤 작품은 글로만 읽어도 좋지만, 그림이 함께해 그 이야기가 더 풍요롭고 따스해지기도 한다. 글의 이해를 방해하는 것이 아니라 글이 지닌 감성의 결을 더욱 풍부하게 살려주는 그림이다. 『넉 점 반』의 주인공, 아기는 동네 구멍가게에 가서 영감님께 질문을 한다. "아기가 아기가 가겟집에 가서 영감님 영감님 엄마가 시방 몇 시냐구요." 아기는 엄마의 심부름으로 지금이 몇 시인지 물으러 온 듯하다. 모든 집에 시계가 구비되지 않았던 시절의 정감 어린 풍경이다. 영감님은 동네 사람들이 맡긴 온갖 잡동사니 물품들을 수리하느라 여념이 없다. 그는 이 세상에 필요한 모든 자잘한 물건이 소담스럽게 들어찬 가게 안에서 아기를 맞으며 "넉 점 반이다"라고 무심한 듯 자상하게 일러준다. 아하, 네 시 반이로구나. 아기는 잘 알겠다는 얼굴로 씩씩하게 가게 앞을 나선다. 이때부터 아기의 모험이 시작된다.

　아기는 이제 '넉 점 반'이라는 중요한 메시지를 엄마에게 무사히 전달해주러 집으로 돌아가야 한다. 그런데 그렇게 곧바로 집으로 돌아가기에는 세상에 신기한 것들이 너무 많다. 아기는 오다가 물 먹는 닭을 한참 서서 구경하며 시간 가는 줄 모른다. 물 먹는 닭, 땅 위를 기어 다니는 개미, 하늘 높이 비상하는 잠자리. 이 모든 것들이 아기에게는 최고의 놀이동산을 제공한다. 어른들에게는 전혀 신기하지도 매력적이지도 않은 일상 풍경이 아기에게는 세상 무엇보다 매혹적이고 신비로운 모습으로 다가오는 것이다. 그 와중에도 엄마의 심부름을 잊지 않고 혼자서 열심히 중얼거린다. "넉 점 반 넉 점 반."

　아기의 시간은 시계처럼 재깍재깍 쉼 없이 흘러가지 않는다. 오히려 아름다운 풍경이 나타날 때마다 우주의 시간이 멈추는 듯하다. 물 먹는 닭이 보이면 닭과 함께 시간을 보내고, 기어 다니는 개미의 행렬을 보면 개미와 함께 시간을 보내면서도 계속 '넉 점 반'이라고 생각하는 아기의 천진무구함이 어른들을 미소 짓게 만든다. 아기의 마음속에는 어른들과 다른 시간이 흘러간다. 분침과 초침이 따로 없는 시간. 바쁨과 급함이 없는 시간. 오직 주변의 모든 존재가 빠짐없이 천천히 말을 거는 시간. 세상 만물의 끊임없는 변화의 흐름에 활짝 마음을 열어 '시'와 '분'과 '초'가 중요하지 않게 되어버린 마음의 시간이 존재할 뿐이다.

　아기는 집에 오다가 개미 떼를 발견하여 한참 앉아 구경하고, 잠자리를 따라 한동안 뛰어다니기도 하며, 꽃들이 만발한 들판에서 황홀경에 빠지기도 한다. 아기는 눈과 귀와 코를 자극하는 모든 존재와 어우러져 시간의 춤을 춘다. 닭을 보면 닭의 시선으로, 개미를 보면 개미의 발걸음으로, 잠자리를 보면 잠자리의 날갯짓으로 세상과 소통하는 아기. 이 사랑스러운 아기의 눈빛과 걸음걸이는 항상 시간에 쫓기는 어른들의 마음을 환히 밝혀준다. 나도 이런 시간의 너른 우주 속으로 들어가 보고 싶다. 시계의 시간이 아니라 내 마음의 시간으로 그야말로 맘껏 활개를 치며 살아볼 수 있다면. "아기는 오다가 분꽃 따 물고 니나니 나니나"에서는 마음속에 일제히 100만 개의 꽃잎 전구가 활짝 켜지는 느낌이다. 아기는 세상이 선물하는 아름다운 풍경의 소우주 속에서 생애 최고의 시간을 꽃피우는 중이다.

　이제는 해가 뉘엿뉘엿 저물어 집에 돌아왔는데, 알고 보니 영감님께 시간을 물으러 갔던 그 가게는 바로 옆집이었다! 이 상쾌한 대반전에 독자의 입가에는 미소가 터진다. '아까 시간을 물으러 왔던 옆집 아기가 왜 해가 다 저물어서야 집에 왔을까' 하는 궁금증이 서린 표정으로 아기를 바라보는 영감님의 눈초리가 또 한 번 미소를 자아낸다. 아기가 이렇게 하루 종일 동네를 혼자 휘젓고 다녀도 전혀 위험하지 않은 세상. 그런 소박하지만 평화로운 세상을 되찾고 싶어진다.

　아기는 어여쁜 분꽃을 양손 가득 쥐고 옷고름에도 분꽃을 멋스럽게 꽂은 채 엄마에게 의기양양하게 외친다. "엄마 시방 넉 점 반이래." 갓난아기를 품에 안고 젖을 먹이는 엄마는 어리둥절한 얼굴로 아기를 바라보는데 아기를 걱정한 얼굴도, 이제 시간이 몇 시인지 궁금한 얼굴도 아니다. 완전히 깜깜해진 지금이 넉 점 반이라고 자신 있게 주장하는 아기의 당당함에 어안이 벙벙한 듯하다. 꽃잎처럼 붉은 치마를 나풀거리며 툇마루로 사뿐히 오르는 아기. 아기는 자신이 무사히 엄마의 심부름을 완수했음을 자랑스럽게 알린다. 완벽한 뿌듯함, 그 자체다. 완벽한 하루란 이런 것이 아닐까.

분초를 따지는 시계의 시간은 아기의 천연덕스러운 시간의
축제 앞에서 기쁘게, 와르르 무너져 내린다. 이보다 더 꽉 찬
하루를 보낼 수 있을까. 이보다 더 좋을 수 있을까.

정원,
작지만
소중한
나의
세계

처음 들었을 때는 잘 이해되지 않았다가 오랜 시간이 지나서야 아주 늦게 찾아오는 깨달음들이 있다. '정원을 가꾸어야 한다'는 메시지가 바로 그렇다. 위대한 철학자나 작가는 마치 서로 약속이라도 한 듯 입을 모아 '정원을 가꾸라'라는 조언을 많이 했는데, 20대까지 나는 그 말을 진심으로 이해하지 못했다. '정원은 돈 많고 시간 많은 사람의 전유물이 아닌가' 하고 편리하게 밀쳐낸 것이었다. 정원을 만들 공간도, 가꿀 여력도 없던 나는 '그냥 마음속의 정원을 가꾸면 되지, 뭐'라는 식으로 자기변명을 하며, 봄이 되면 어김없이 피어오르는 꽃들의 향연을 배고픈 아이처럼 슬픈 눈빛으로 바라보곤 했다. 아름답게 핀 꽃을 보면 왠지 나도 모르게 허기가 졌다. 그런 영혼의 허기는 무엇으로도 채워지지 않는 결핍 같은 것이었다. 정원이 없는 나에게 '모두를 위한 정원'을 안겨주었던 곳이 바로 학교였다. 학교에 가면 계절마다 흐드러지게 온갖 꽃이 피어났고, 여름에는 아름드리나무가 사람의 키를 비웃으며 모두에게 평등한 그늘을 드리웠다. 어디 멀리 꽃놀이를 가지 않아도 학교에만 바지런히 나가면 매일매일 공짜로 펼쳐지는 꽃들의 페스티벌을 원 없이 바라볼 수 있었다.

　　그러다 시간이 지나면서 뒤늦게 깨달았다. 나는 어쩌면 누구보다 정원을 가꾸고 싶어 하는 사람이라는 것을. 그리고 내가 '정원을 가꾸는 기쁨'의 묘미를 알지 못했던 이유를 한참 지나 알게 되었다. 2013년에 어느 한국 유학생의 자취방을 빌려 베를린에서 한 달 조금 넘게 머무른 적이 있었다. 행정구역상으로는 베를린이었지만, '말로우Malhlow'라는 그곳은 택시 기사도 잠깐 머리를 갸웃할 정도로 도심과 동떨어진 곳이었다. 거기서 나는 비로소 매일 아침 정원을 가꾸는 사람들을 만났다. 연금생활자가 많은 교외의 작은 마을답게 할머니 할아버지들은 소일거리로 정원을 열심히 손질하고 계셨다. 나는 그들의 정성 어린 몸짓, 세심한 손길, 따뜻한 표정을 통해 '정원을 가꾸는 자'의 아름다움을 처음으로 가까이서 보았다. 나는 '보기 좋게 꾸며진 정원'만을 감상

했을 뿐, '정원을 만들어가는 사람'의 수고로움을 알지 못했
던 것이다. 매일매일 점점 빛과 향기를 달리해가는 꽃들을
무럭무럭 커가는 자식을 향한 눈길로 뿌듯하게 바라보는 그
분들의 표정을 통해 나는 정원을 매만지는 사람, 자연 속에
서 저절로 철학의 향기를 뿜어 올리는 사람의 보람찬 삶을
마침내 이해할 수 있었다.

　　나에게 정원을 가꾸는 일 자체가 곧 위대한 철학임을 일
깨워준 책이 바로 헤르만 헤세의 『정원에서 보내는 시간』
이다. 이 책은 그의 어느 책보다도 쉬우면서 헤세 자신을 가
감 없이 드러낸다. 자신의 집에서 매일 정원을 꾸리며 살았
던 한 예술가의 일상이 진솔하게 묻어난다. 헤세는 아직 겨
울의 기세가 완전히 가시지 않은 메마른 풀숲에 빼꼼히 수
줍은 얼굴을 드러낸 노란 들꽃을 관찰하며 이렇게 말한다.
"생명에 대한 용기를 가진 꽃이다. 그것들은 마치 어린아이
의 눈처럼 고요하면서도 기대로 가득 차 세계를 바라보고
있다." 그에게 정원을 가꾸는 일이란 자연을 창조하는 기쁨
과 자연을 결코 거스를 수 없다는 겸허함을 동시에 체득하
는 위대한 철학의 배움터였다. 언제나 완벽한 정원을 꾸미
는 '준비된 정원사'와 달리 겨울에는 넋을 놓고 있다가 봄이

올 때쯤 갑자기 정신을 차리는 '아마추어 정원사'라고 자신을 소개하는 헤세. 그는 아마추어 정원사의 허둥지둥한 하루하루를 이렇게 유머러스하게 그려낸다.

우리 같은 아마추어 정원사나 게으름뱅이들은 다르다. 우리처럼 꿈을 꾸거나 겨울잠을 자는 사람들은, 그저 달콤한 겨울잠 속에 빠져 있다가 어느새 봄이 온 것을 보고 깜짝 놀란다. 그리고 부지런한 이웃들이 이미 모든 일을 다 해놓은 것을 보고는 당혹스러워한다. 우리는 부끄러워져서 소스라치며 벌떡 일어나 바삐 서두른다. 게으르게 놓아두었던 것들을 뒤늦게 만회하려고 정원용 가위를 맷돌에 갈기도 하고, 조급하게 씨앗 상인한테 편지를 써 주문을 하기도 한다. 그렇게 또다시 제대로 한 일도 없이 하루를 흘려보내고 만다. (…) 새해 들어 처음으로 우리 이마에서 땀이 흘러내린다. 우리가 신은 부드러운 장화는 무거운 흙 속으로 빠져들고, 삽자루를 잡은 손에는 물집이 잡혀 통증이 느껴진다. (…) 어쨌든 간에 자연은 너그럽다. 결국에는 그 게으른 자의 정원에도 시금치와 상추로 가득한 채소밭이 만들어질 것이고 몇몇 과일과 즐거운 눈요깃감이 될 여름 꽃들도 무성하게 피어날 것이다.

— 헤르만 헤세, 두행숙 옮김, 『정원에서 보내는 시간』,

　웅진지식하우스, 2013, 13~14쪽.

　자연의 절기를 좇아 열심히 몸도 마음도 봄을 닮으려 하
지만, '아, 봄이다!' 싶으면 이미 정원을 단장하기에는 늦었음
을 알게 된 서툰 정원사 헤르만 헤세는 자연의 뒤꽁무니를
뒤좇아가느라 힘겨운 하루를 보낸다. 그러면서도 자신의 미
숙한 손길에도 아랑곳하지 않고 어김없이 '생명의 제 몫'을
다해내는 꽃들의 향연을 바라보며 더할 나위 없는 기쁨을
누린다. 그가 정원의 식물들을 보살피며 느끼는 감상은 카
프카의 작품 「열한 명의 아들」에 나오는 제각기 개성이 너
무 달라 도무지 감당하기 힘든 천차만별의 자식들처럼 어처
구니없고, 그리하여 더욱 눈부시고 경이롭다. 힘을 절약하
면서 피어나는 꽃도 있고, 자신의 기운을 마구 낭비하면서
풍성하게 열리는 꽃도 있으며, 우쭐하며 자기만족에 도취된
식물도 있다는 것이다. 게다가 다른 식물에 살짝 기생하며
사는 것도 있고, 고루하고 평범하며 활기조차 없는 것도 있
고, 당당한 신사처럼 즐거움에 젖어 감탄사를 절로 나오게
하는 것도 있다고 한다. 다정한 식물이 있는가 하면 혐오스

러운 식물도 있다고.

　꽃의 시간은 인간의 시간보다 믿을 수 없을 만치 빠르다. 마치 햇살이 찬란한 몇 달 동안의 시간이 지상에 존재하는 모든 시간인 것처럼 꽃의 생로병사는 빛의 속도로 진행된다. 매일 같은 정원을 세심하게 관찰해야만 얻어지는 것들. 그것은 어제 간신히 꽃망울을 맺은 어린 식물이 오늘 아침 화사하게 만개했을 때의 기쁨이기도 하고, 어제만 해도 세상에서 가장 아름다운 미소로 빛나던 꽃이 오늘 아침에는 빗물의 습격에 처참하게 땅바닥에 떨어져 있을 때의 아픔이기도 하다. 그렇게 꽃의 친구, 나비의 형제, 나무의 제자이기도 했던 한 작가의 '정원을 가꾸는 나날'은 완성되었다. 정원을 돌보는 일, 그것은 자연의 위대함을 분석하는 것이 아니라 자연의 위대함 속으로 자신을 던져 그 거대한 풍랑 속에서 '작지만 소중한 나의 세계'를 가꾸어나가는, 일상 속의 철학이자 자연 속의 예술이다. 정원은 자연의 미소와 인간의 미소가 어우러지는 '우리 삶에서 언젠가는 가능한 유토피아'가 아닐까. 완벽한 정원이 아니라도 좋다. 우리가 꽃 한 송이의 아름다움을 느끼며 환하게 미소 지을 수 있는 아늑한 장소, 그곳이 바로 정원의 유토피아이니.

특별하지
않아도
결코
빛나지
않을지라도

　　언제부턴가 '셀러브리티'라는 외래어가 미디어에 오르내리면서 '유명인'이라는 본래 단어의 자리를 위협하고 있다. 뜻은 비슷해도 단어의 뉘앙스는 달라서 유명인이라고 하는 것보다 셀러브리티라고 하면 왠지 좀 더 화려하고 주목받는 느낌을 주게 돼버렸다. 사람들은 셀러브리티와 일반인이라는 구별을 아무렇지도 않게 사용하고 있으며, 유명인의 시시콜콜한 사생활, 공항 패션과 헤어스타일은 연일 실시간 검색어에 오르내리며 마치 그것이 '오늘의 급박한 뉴스'와 비슷한 중요도를 지닌 것처럼 취급받는다. 셀러브리티의 시대로 접어들고 유명인의 일거수일투족이 대세로 자리 잡으면서, 우리가 잃어버린 것들은 무엇일까. 우리는 시각적 이미지에 현혹돼 '눈에 잘 띄지 않지만 분명히 빛나는 것들'을 바라보는 감각을 상실한 것이 아닐까.

　박노해의 시 「민들레처럼」(『참된 시작』, 느린걸음, 2016, 39~41
쪽.)을 읽다 보면 '그래, 우리에게서 이런 감수성이 사라졌구
나' 하는 안타까움이 밀려든다. 불온한 혁명가로 낙인찍혀
무기징역을 선고받았던 당시, 감옥에서 단식투쟁을 하고 고
문까지 견디며, 파란 수의에 검정 고무신을 신고 끌려가던
시인에게 누군가가 민들레 한 송이를 쥐여주었다고 한다.
"굴비처럼 줄줄이 엮인 수인들 사이에서 // "박노해씨 힘내
십시오" / 어느 도적놈인지 조직폭력배인지 / 노란 민들레꽃
한 송이 / 묶인 내 손에 살짝이 쥐어주며 / 환한 꽃인사로 스
쳐갑니다." 포승줄에 묶인 손에 들린 노란 민들레는 감옥에
갇힌 시인에게 뜻밖의 자유를 선사한다. "철커덩, 어둑한 감
치방에 넣어져 / 볼에도 대어보고 코에도 대어보고 / 눈에도
입에도 맞춰보며 흠흠 / 꽃 한 송이로 번져오는 생명의 향기
에 취해 / 아-산다는 것은 정녕 아름다운 것이야."

　그토록 절망적인 상황에서 시인은 민들레 한 송이의 힘으
로 '아름다운 것을 아름답다고 느낄 권리'를 되찾은 것이다.
그는 꽃 한 송이 몰래 품고 와 자신에게 건넨 사람의 속뜻을
되새기다가 이런 결론에 다다른다. "민들레처럼 살아야 합
니다 / 특별하지 않아도 빛나지는 않아도 / 흔하고 너른 들풀

과 어우러져 / 모두 다 봄의 주체로 서로를 빛나게 하는 / 민들레의 소박함으로 살아야겠습니다 (…) 논두렁이건 뚝방이건 아스팔트건 / 폐유에 절은 공장 화단 모퉁이까지 / 그 어느 험난한 생존의 땅에서건 / 끈질긴 생명력으로 당당하게 피어나는 / 민들레 뜨거운 가슴으로 살아야겠습니다." 민들레의 강인함은 화려하게 꾸미지 않는 정직함, 귀한 자리 천한 자리를 가리지 않는 공명정대함이 아닐까. "자신에게 단 한번 주어진 시절 / 자신이 아니면 꽃피울 수 없는 그 자리에 / 거침없이 피어나 정직하게 피어나 / 온몸으로 부딪치며 봄을 부르는 / 민들레의 치열함으로 살아야겠습니다 // 가진 것도 내세울 것도 없는 우리는 / 기꺼이 밟히고 깨지고 또 일어서며 / 피를 말리고 살을 말려 봄을 진군하다가 / 마침내 바람 찬 허공에 수천 수백의 꽃씨로 / 장렬하게 산화하는 아 민들레 민들레 / 그 민들레의 투혼으로 살아가겠습니다."

　우리가 잃어버린 내면의 빛을 생각하는 시간. 감옥의 구석진 자리에서도 찬란한 봄을 피워낸 민들레의 빛을 본받고 싶어진다. 특별하지 않아도 빛나지는 않아도, 나에게 주어진 단 한 번의 시절, 내가 지닌 힘으로 피워 올릴 나만의 빛이 있을 것이라는 희망을 품에 안고서.

리버풀,
비틀스의
음악이
강물처럼
흐르는
도시

　　영화 「비긴 어게인」을 보면서 길거리의 소음조차 자연스
러운 음악으로 어우러지게 만드는 예술가들의 열정에 매료
되었다. 그들은 길거리에서 아이들이 뛰노는 소리, 자동차
소리 그리고 온갖 잡스러운 소리가 섞여 만들어내는 도시의
소음 자체를 자신들의 음악과 어우러지게 만들었다. 어쩌면
모든 소음이 철저히 통제된 녹음실의 음악은 완벽하게 살균
된 음식처럼 생명력을 잃어버린 것인지도 모른다. 나는 '버
스킹busking'이라는 단어 자체가 주는 본질적인 소란스러움
을 사랑한다. 소리란 본래 소란스러움에서 오는 것이 아닌
가. 무거운 침묵 속에서 어떤 소리를 기대하겠는가. 누군가
는 소란이라 느끼는 곳에서 누군가는 아름다움을 발견하지
않는가. 그리하여 문제는 '소리를 소음으로 듣는 귀'와 '소리
를 음악으로 듣는 귀'의 차이가 아닐까. 유럽의 밤거리를 걸

을 때마다 버스커들의 음악을 들으며 나는 소란스러움이 아
니라 제대로 된 음악을 만들어내기 위해 안간힘 쓰는 예술
가의 열정을 듣는다. 물론 도저히 들어주기 힘든 음악도 가
끔 있다. 하지만 그것조차 진정한 자기 안의 재능을 발견해
내기 위한 지난한 과정이리라.

길 위의 노래하는 사람들
순수와 열정이 깃든 곳

비틀스의 음악이 공기처럼 흐르
는 도시, 불멸의 비틀스를 태어나게 한 도시 리버풀Liverpool
에 가기 위해 기차를 타는 동안 나는 이런 생각을 해보았다.
비틀스도 한때는 저 거리의 순진한 버스커처럼 '내가 무엇
이 될지도 모르는 채로' 음악을 하지 않았을까. 런던 유스턴
Euston 역에서 리버풀 라임 스트리트Lime Street 역까지, 열차
로 2시간 30분 정도 걸리는 여정 속에서 나는 이어폰을 끼
고 존 레넌의 음악을 계속 들었다. 존 레넌의 음악에는 인기
가 아니라 음악 그 자체를 사랑하는 예술가의 순수가 깃들
어 있다. 그는 마흔이 넘어서도 자신의 노래하는 목소리에

자신감을 가지지 못했다고 한다. 그것은 단지 겸손해서가
아니라 '내 마음에 드는 소리'를 완벽하게 낼 수 없다는 영원
히 채워지지 않는 결핍감 때문이 아니었을까. 음악가로서
최고의 자리에 올라갔을 때조차 그는 거리의 버스커처럼 음
악을 향한 순수한 열정을 잃지 않았다.

　　내가 '정말 멀리 여행을 떠나왔구나' 하고 느끼는 순간도,
거리의 버스커들이 정말 거리낌 없이 자신의 음악을 연주해
줄 때이다. 그들은 진정한 꾼이다. '내 소리가 어떻게 들릴까,
내 음악이 타인에게 어떻게 다가갈까'라는 두려움 때문에
스스로를 파괴하지 않는다. 뛰어난 버스커는 진정한 꾼이기
에, 음악을 연주할 수 있다는 것, 노래를 부를 수 있다는 것
자체를 소중히 여기고 즐길 줄 안다. 런던의 밤거리를 걷다
가 '버스킹 금지No Busking'라는 커다란 푯말이 붙어 있는 곳
에서 버스커들이 보란 듯이 떠들썩하게 음악을 연주하는 것
을 보았다. 웃음이 나왔다. 왠지 통쾌했다. 이거다 싶었다. 버
스킹은 금지할 수 있는 것이 아니다. 자유로운 창작의 열정
은 금지한다고 통제되는 것이 아니다. 버스킹이 없는 유럽
의 밤거리는 얼마나 썰렁할 것인가. 리버풀에 도착하자 과
연 한겨울에도 기타 하나 달랑 들고 음악을 연주하는 버스

커의 쓸쓸하고도 아름다운 뒷모습이 한눈에 들어왔다. 비록 양손에 짐을 들고 있어 사진을 찍지는 못했지만, '그래, 여긴 음악의 도시구나' 하는 반가움이 파도처럼 밀려들었다.

　여행자의 신경은 예민한 촉수를 뻗어 '그 도시가 낯선 이들에게 얼마나 열려 있는지'를 가늠해본다. 은근한 인종차별이 느껴지는 곳도 있고, 노골적인 이방인 배척의 기운이 감도는 곳도 있지만, 여행자는 어디서든 빨리 적응하는 법을 배워야 한다. '여행자라는 이유만으로' 우리를 반겨주는 도시야말로 여행자들의 천국이다. 영국인은 대체로 이방인에게 먼저 말을 건다거나 웃어주는 일이 극히 드물었지만, 리버풀은 내가 방문한 영국의 많은 도시들 중에서 가장 '열려 있는 도시'로 느껴졌다. 겨우내 찌뿌둥한 하늘과 적은 일조량 때문에 '윈터 블루스winter blues(겨울 우울증)'라는 낱말이 흔히 쓰일 정도로 영국의 악명 높은 날씨는 리버풀에는 별로 영향을 끼치지 못하는 것 같았다. 리버풀은 겨울인데도 불구하고 활기찼고, 팝 음악이나 뮤지컬 공연 포스터가 가장 많이 붙어 있었으며, 무엇보다도 나를 첫눈에 반하게 만든 리버풀 도서관이 있는 곳이었다. 볼펜 한 자루 떨어지는 소리조차 나지 않을 정도로 조용한 도서관이었지만, 책을

읽는 사람들의 눈부신 열정으로 끓어오르던 아름다운 리버
풀 도서관이 있다는 것만으로도 이 도시는 내게 잊을 수 없
는 추억의 공간으로 거듭났다.

비틀스라는
새로운 혁명

단지 '비틀스를 탄생시킨 도시'여
서만이 아니라, 리버풀은 그 자체로 경이로운 음악의 도시
이기도 하다. 팝 음악의 세계 수도World Capital City of Pop로서
기네스북에 오를 정도로 수많은 뮤지션을 탄생시켰고, '넘
버 원 싱글'을 무려 56개나 배출한 최고의 음악 도시가 바로
리버풀이다. 1960년대에 비틀스의 음악이 세계를 강타했을
때, 사람들은 이를 일컬어 '브리티시 인베이전British Invasion',
그러니까 '영국의 침공'이라는 말을 쓸 정도였다. 비틀스가
영국에서 비행기를 타고 미국으로 오는 동안, 미국인들의
심장은 이미 두근거리기 시작했다. 그들이 당시 가장 유명
한 오락 프로그램이었던 「에드 설리번 쇼」에 출연했을 때,
미국의 거리에는 10대 청소년들의 범죄가 단 한 건도 일어

나지 않았다고 한다. 모두들 비틀스의 음악에 맞추어 흥겹
게 춤을 추고 머리를 흔들어대느라 그 흔한 '청소년 범죄'를
저지를 짬조차 나지 않았던 것이다. 음악이 지닌 기적 같은
치유의 힘을, 비틀스는 온몸으로 증명해보였다.

　이렇듯 내딛는 발걸음마다 대중음악의 역사를 다시 쓰
던 비틀스, 나아가 '문화가 갖는 엄청난 위력'을 보여준 비
틀스가 태어난 도시는 도대체 어떤 곳인지, 나는 오래전부
터 궁금했다. 「Oh My Love」와 「Let It Be」, 「Hey Jude」와
「Yesterday」를 수도 없이 '리와인드'하여 듣고 또 들었던 학
창 시절, 나는 언젠가 비틀스의 도시 리버풀에 가서 그들의
온기와 체취를 느낄 수 있기를 바랐다. 그 꿈이 드디어 이루
어졌다. 리버풀은 영국에 체류하는 두 달 동안 살짝 겨울 우
울증에 걸려 있었던 나의 어두운 마음을 말끔히 씻어주었다.

　가수 한대수는 『영원한 록의 신화 Beatles vs 살아 있는 포
크의 전설 Bob Dylan』이라는 책에서 비틀스의 음악을 처음
접했을 때의 엄청난 충격을 이렇게 그려낸다.

1964년 2월 7일, 뉴욕 시티 에드 설리번 쇼. 일요일 저녁 온 가족이 오밀조밀 모여 즐겁게 텔레비전을 보는 순간 갑자기 네 명의 영국 청년이 기타 셋과 드럼 하나로 "I want to hold your hand, ooh(당신 손을 잡고 싶어요, 우~)" 하고 절규를 했다. (…) 걸레 같은 장발과 함께 몸을 흔들었고 이 율동에 따라 미국의 10대 청소년들은 눈물을 흘리며 비트에 맞춰 미치광이처럼 고함을 질렀다. 약 7,300만 명이 이 희귀한 장면을 목격했다. 미국 텔레비전 사상 가장 높은 시청률이었다. 드디어 비틀스가 세계 정복의 첫걸음을 뗀 것이다. (…) 어느 날 비틀스를 소개한다면서 들려준 「She Loves You」를 듣고 무척 당황스러웠다. (…) 이것은 음악이 아니라 혁명이었다. 들으면 들을수록 그들의 사운드에 매료되었고 신비함과 열정 그리고 알 수 없는 고통을 느낄 수 있었다.

　　— 한대수, 『영원한 록의 신화 Beatles vs 살아 있는 포크의 전
　　설 Bob Dylan』, 페퍼민트, 2016, 10~11쪽.

존 레넌과 폴 매카트니는 물론 조지 해리슨과 링고 스타 어느 누구도 악보를 읽을 줄 몰랐다고 한다. 그러나 그들은

멜로디를 흥얼거리며 즉흥적으로 음악을 만들고, 마음 깊은 곳에서 우러나오는 내면의 소리로 가사를 붙이고, 노래와 연주까지 모두 해내며, '싱어송라이터'라는 존재 자체가 없던 시대에 그 모든 것을 누구의 도움도 없이 이루어냈다. 폴 매카트니는 이렇게 말했다고 한다. "우리는 악보를 쓸 줄도 읽을 줄도 모른다. 그냥 존이 코드를 치며 멜로디를 흥얼거리면 내가 받아서 다시 코드를 배열하고, 그냥 서로 기타를 잡고 마주보고서 노래를 만들어낸다." 음대를 나오지도 않았고, 악보를 읽을 줄도 모르는 사람들이 그저 '음악이 좋아서' 아무런 거리낌 없이 만들어낸 노래가 전 세계 음악의 역사를 바꾸었다. 비틀스는 대중음악 역사상 처음으로 작사 작곡뿐만 아니라 연주와 노래까지 하는 완벽한 싱어송라이터라는 존재를 탄생시킨 것이다.

상처를 머금고 자라난
존 레넌의 노래들

　　　　　존 레넌은 가슴속 깊은 상처를 예술로 승화시킨 음악가이기도 하다. 존 레넌의 노래 중에

「Mother」라는 곡이 있다. 나는 이 곡을 들을 때마다 아무런 준비도 없이 절벽 위에서 뛰어내리는 것 같은 공포를 느낀다. 이 노래를 부를 때의 존 레넌은 「Imagine」처럼 맑고 투명한 몽상가도 아니고, 「Love」처럼 감미로운 로맨티시스트도 아니다. 이 노래를 부를 때의 존 레넌은 한 번도 어머니의 따뜻한 사랑을 경험해본 적이 없는 아이처럼 날이 서 있다. 이 노래는 이미 어른이 되었지만 아직도 한밤중이면 또다시 어머니에게 버려질까 봐 공포에 떠는 아이의 절규 같다. "어머니, 어머니는 저를 가졌지만, 저는 어머니를 한 번도 가진 적이 없어요Mother, you had me, but I never had you." 완벽한 화음과 영롱한 울림으로 감동을 주는 다른 곡들과는 달리, 이 곡은 방금 칼에 베인 상처처럼 쓰라리다. 그는 어른이 되어서도 아직 극복하지 못한 자신의 상처를 이 노래를 통해 토해내고 싶었던 것 같다. 어린 시절 부모에게 버려진 존을 키워준 사람은 강압적이고 엄격한 미미 이모였다. 10대 시절에 어머니를 비로소 다시 만난 존 레넌은 매력적이고 아름다운 어머니에게 한눈에 반했고, 이제야 어머니의 사랑을 받을 수 있다는 꿈에 부풀었지만, 그 재회의 기쁨은 너무도 짧았다. 1958년, 존 레넌의 어머니는 경찰관이 운전하는 차에 치여 그 자리에서 즉사하고 말았다. 당시 비번이었던 경찰

관은 무죄를 선고받았지만, 많은 사람들이 그의 음주운전을 의심했다. 한 번도 어머니다운 어머니를 가져보지 못했던 존 레넌의 뼈아픈 트라우마는 이때 생긴 상처의 지속이기도 했다.

하지만 존은 끝내 자신의 상처를 극복했다. 신시아 레넌과의 이혼 이후 오노 요코와 새로운 가정을 꾸리면서 그는 영원한 '솔메이트'를 비로소 찾았다는 안도감을 느꼈다. 오노 요코의 반복되는 유산과 존 레넌의 외도, 약물 복용 등으로 결혼 생활에 위기가 찾아왔지만, 두 사람은 숀 레넌을 낳은 이후 최고의 행복을 누렸다. 존 레넌은 아들이 태어난 뒤 5년 동안은 외부 활동을 활발하게 하지 않으며 오로지 육아에 전념했다. 사람들은 존 레넌의 '공백'을 이해하지 못했다. 그러나 그는 아들 숀에게 정성스레 삼시 세끼를 챙겨주고 같이 놀아주는 재미에 푹 빠졌고, 숀만은 '버려질 것 같은 공포'에 내맡겨져서는 안 된다고 생각했던 것 같다. 사람들은 존 레넌의 외부 활동이 뜸해지자 그가 '일'을 그만둔 것이 아닌지 의심했다. 하지만 존 레넌은 이렇게 말했다고 한다. "아기를 키우는 게 일이 아니라면, 도대체 뭐가 일이란 말인가." 존 레넌의 팬들은 그의 콘서트나 앨범에서 오노 요코의

노래하는 목소리가 들리면 자리를 박차고 나가버리기도 했
지만, 존 레넌의 영원한 뮤즈이자 음악적 동반자는 누가 뭐
래도 오노 요코였다. 멤버들과의 결별 이후 솔로로 독립하
면서 비틀스는 한동안 커다란 공백을 느꼈지만 존 레넌은
오히려 자신의 음악적 개성을 더욱 자유롭게 표현할 수 있
었다. 비틀스는 아직 존 레넌을 필요로 했지만, 존 레넌은 더
이상 비틀스를 필요로 하지 않았다.

우리들 위엔
오직 하늘뿐이니까

중·고등학교 시절에는 라디오에
서 흘러나오는 음악을 들으며 공부하는 것이 좋았지만, 사
실 좋은 음악일수록 '공부하면서' 듣기는 어려웠다. 존 레넌
의 「Imagine」이나 「Love」, 「Woman」, 「Beautiful Boy」 등을
들으면서 나는 '역시 음악을 들으면서 공부한다는 것은 음
악을 너무 사랑하는 사람들의 하얀 거짓말이 아닐까'라는
생각이 들었다. 공부하는 척하면서 사실은 음악에 푹 빠져
들 수밖에 없었으니까. 음악이 너무 좋아서 자꾸 교과서의

읽던 줄을 놓쳐버리곤 했으니까. "아침에 곡을 쓰고, 점심에 녹음을 하고, 저녁에 발표를 한다"라고 말해 전 세계 음악인을 기함시켰던 존 레넌의 천재성은 시간이 가도 빛이 바래지 않는 것 같다. 리버풀 곳곳에서 나는 존 레넌의 음악적 향기를, 그리고 비틀스의 여전히 식지 않은 열기를 느낄 수 있었다. 존 레넌은 이렇게 말했다. "전쟁을 선포하듯 평화를 선포하라. 그것이 우리가 평화를 이룰 수 있는 방법이다. 우리는 평화를 선포해야만 한다." "요코와 나는 아직도 우리 둘의 아기를 갖기를 원합니다. 만약 안 된다면 입양을 하고 싶어요. 어떤 아이라도 좋아요. 유대인, 아랍인, 흑인, 백인, 심지어 물방울무늬 아이라도 좋아요." 그가 남긴 문장들을 읽고 있으면, 그는 훌륭한 작가이기도 했음을 느낄 수 있다.

비틀스가 재주 많은 청소년들의 지역 밴드를 뛰어넘어 세계적인 음악가로 변신한 곳이 리버풀이기도 하다. 그 음악의 중심지가 바로 캐번 클럽Cavern Club이다. 지금도 비틀스의 음악을 매일 공연하는 캐번 클럽 앞의 존 레넌 동상은 전 세계 여행자들의 '포토존'으로 유명하다. 존 레넌의 실물 크기로 제작된 동상은 삐딱하게 벽에 기대어 서서 '세상의 시선 따윈 아무 상관없다'는 듯 무심히 골목길을 응시하는 모습이다. 틀에 박힌 기념사진을 찍기 싫어하는 나조차도 존 레넌만은 반가워 그의 팔짱을 낀 채 사진을 찍었다.

사람들은 리버풀을 '유럽의 뉴욕'이라든지 '영국의 베니스'라는 식으로 '칭찬'하지만, 나는 리버풀이 그저 리버풀이라서 좋았다. 뉴욕처럼 모든 대중문화의 무지갯빛 흐름이 교차하는 곳, 베니스처럼 아름다운 항구와 마치 호수처럼 바닷물이 흘러드는 탁 트인 풍경을 간직한 곳. 그러나 세상 어디에도 없는, 이 세상 하나뿐인 비틀스를 낳은 도시 리버풀에서 나는 존 레넌이 속삭이는 「Imagine」의 유토피아를 상상하며 내내 꿈꾸는 듯한 기분에 사로잡혔다. 국경도 전쟁도 종교도 소유도 없는 곳에서 모든 사람들이 자유롭게 꿈꾸고 사랑하는 꿈의 이상향을.

「Imagine」의 아름다운 가사 중에서도 "Above us only sky"라는 대목을 들을 때마다 가슴이 뭉클해진다. 우리들 위엔 오직 하늘뿐이니까, 아무것도 겁낼 필요가 없지 않을까. 권력도 돈도 그 무엇도, 우리들 위에 있어서는 안 되지 않을까. 어떤 권력에도 무릎 꿇지 않았던 존 레넌의 용기가 느껴지는 노래다. 힘들 때마다 「Imagine」을 들으면 단발머리 고교 시절, 정말로 곧이곧대로 '국경도 종교도 소유도 없는 그런 나라'를 꿈꾸었던 그 시절의 순수가 함께 떠오른다. 우리 위에는 오직 하늘밖에 없으니까. 어떤 권력도 우리들 위에 있지 않으니까. 두려워할 것은 하늘, 즉 자연뿐이니까. 사람이 사람을 두려워하게 만드는 그 모든 권력과 싸우는 것, 그것이 예술의 임무, 젊음의 임무니까.

아우라,
생각만
해도
가슴 벅찬
단어

어떤 단어는 생각하는 것만으로 가슴속에 환한 등불이 켜
진다. 아우라라는 단어가 그렇다. 내가 들어본 최고의 칭찬
에도 아우라라는 단어가 들어 있었다. 스물여섯 살의 어느
쓸쓸한 가을날, 내가 진로와 적성 문제로 고민하며 "도무지
난 무엇을 하며 살아가야 될지 모르겠다" 하고 한숨을 쉬자
선배는 내게 이렇게 말해주었다. "아무것도 걱정하지 마, 너
는 그 나이에 벌써 너만의 아우라가 있잖아." "설마, 난 그런
거 없다" 하며 손사래를 쳤지만, 선배의 말에 담긴 진심만은
받아들였다. 미래에 대한 불안으로 잔뜩 주눅 들어 있었던
내 마음에 아우라라는 단어는 그렇게 커다란 위로가 되어주
었다. '난 아직 아무것도 되지 못했지만 그래도 내겐 벌써 나
만의 아우라가 있잖아.' 이렇게 스스로를 토닥이며 근거 없
는 자신감에 벅차올랐던 것이다.

단 한 번뿐인 존재의 영원한 반짝임, 다른 무엇으로도 바꿀 수 없는 오직 그 존재만이 지닌 무형의 빛. 그것이 내게는 '아우라의 힘'으로 다가왔다. 철학자 발터 베냐민은 '아우라'라는 단어가 지닌 힘을 이렇게 묘사했다. 옛날 옛적, 모든 것을 다 갖추었으나 전혀 행복하지 않은 왕이 있었다. 그는 갑자기 산딸기 오믈렛이 먹고 싶어졌다. 오래전 전쟁 중에 쫓기며 산골짜기의 한 노파에게서 얻어먹은 산딸기 오믈렛의 맛을 재현할 수만 있다면, 깊은 마음의 병을 치유할 수 있을 것만 같았다. 왕은 궁정 요리사를 불러 다음과 같이 이야기한다. "내가 전쟁에서 참패하고 길을 잃어 기진맥진한 채 한 오두막에 도착했을 때였네. 한 노파가 뛰쳐나와 반기며 산딸기 오믈렛을 먹여주었지. 오믈렛을 먹자마자 난 기적처럼 기력을 회복했고 희망이 샘솟았지. 자네가 그 오믈렛을 만든다면 짐의 사위가 될 것이고 그렇지 못하면 죽음뿐이네." 뛰어난 솜씨를 지닌 궁정 요리사는 이렇게 대답한다. "폐하! 저를 죽여주십시오. 저는 오믈렛의 레시피를 훤히 알지만, 폐하가 드신 오믈렛의 재료는 구하지 못합니다. 전쟁의 위험, 쫓기는 자의 절박함, 부엌의 따스한 온기, 뛰어나오며 반겨주는 온정, 한 치 앞을 예상할 수 없는 어두운 미래. 이 모든 분위기는 제가 도저히 마련하지 못하겠습니다." 베냐민의 「산딸기 오믈렛」이라는 글에 나오는 명장면이다.

　나는 이 글을 읽은 뒤로 더욱 '아우라'라는 말에 가슴이 뛰기 시작했다. 한 번도 먹어본 적 없는 이 산딸기 오믈렛을 생각하는 것만으로 가슴속에 벅찬 기운이 느껴지고 입안에 달콤한 침이 고였다. 젊은 시절 왕이 먹었던 산딸기 오믈렛의 아우라는 이 세상 최고의 요리사라 할지라도 쉽게 복제하거나 대체할 수 없는 것이었다. 발터 베냐민은 '아우라'가 "먼 산에서 건듯 불어온 바람"을 닮은 것이라고 생각했다. 머나먼 곳에서 아련히 다가오는 듯한 존재의 깊이, 반드시 그곳에 가야만 절절히 느낄 수 있는 것, 그곳이 아니면 깨달을 수 없는 절실한 감정. 이것이야말로 아우라의 유일무이성이다.

　우리는 사랑하는 사람의 눈을 통해서도 아우라를 느낀다. 사랑에 빠진 연인은 서로의 아우라를 매 순간 끊임없이 주고받는다. 내 존재의 빛을 상대방에게 비추면, 상대방 또한 버선발로 마중 나와 자신이 지닌 존재의 빛, 아우라를 선물해준다. 이것은 의도적인 것이 아니라 자신도 모르는 무의식적인 소통의 과정이다. '사랑이 식었다'라는 사실을 말로 표현하지 않아도 대번에 느낄 수 있는 이유는, 우리에게 아우라의 드나듦을 인지하는 마음의 회로가 있기 때문이 아닐까. 이런 아우라의 소통이 불가능해졌을 때, 즉 자신이 지닌 존재의 빛을 상대방에게 자연스럽게 뿜어낼 의지와 욕망이 없어져버렸을 때, 관계는 화석화되고 만다.

예술가는 작품을 통해 자신의 아우라를 발산한다. 모방만 있고 창조는 없는 곳에는 아우라가 발생할 수 없다. 유행에 따르고 대세에 따르다 보면 자신만의 아우라를 가꾸고 피워낼 기회가 사라진다. 아우라라는 아름다운 단어를 통해 나는 절감한다. 때로는 종교 없이도 초월이 가능하다는 것을. 신의 힘을 빌리지 않고도 우리가 지닌 내면의 힘만으로 초월이 가능하다는 것을. 우리는 어쩌면 우리가 지닌 사랑과 자유만으로도 이미 천상의 희열을 느낄 준비가 되어 있음을. 삶이란 어쩌면 우리가 저마다 지닌 아우라의 씨앗을 좀더 풍요롭고 영롱하게, 맑고 향기롭게 가꾸고 다듬는 일이 아닐까.

우리는 사랑하는 사람의 눈을 통해서도
아우라를 느낀다.
사랑에 빠진 연인은 서로의 아우라를
매 순간 끊임없이 주고받는다.
내 존재의 빛을 상대방에게 비추면,
상대방 또한 버선발로 마중 나와
자신이 지닌 존재의 빛,
아우라를 선물해준다.

책 만드는
즐거움,
책 읽는
즐거움

　"시간이 시장을 이길 수 있을까?" 내가 아는 출판사 사장님의 SNS에 늘 걸려 있는 푯말이다. 나는 그 문장을 읽을 때마다 가슴이 시리다. 잘나가는 출판사의 편집장으로 승승장구하던 그가, 작은 출판사를 내어 독립한 지 꽤 오랜 시간이 지났다. 그런데 출판 업계의 상황은 경력이 20년 넘는 베테랑 편집자에게도 녹록지 않았다. 그는 기다림의 귀재였다. 작가들이 원고 주기를 차일피일 미뤄도, 출간이 오래오래 늦어져도, 공들여 만든 책에 대한 독자의 반응이 시원치 않아도, 노력한 만큼 성과가 나타나지 않아도, 늘 기다림을 두려워하지 않았다. 그것이 그의 성공 비결이었다. 하지만 그런 끈질긴 투지와 인내심을 지닌 그에게도 '책을 읽지 않는 사회'는 두려움을 불러일으키는 것 같다.

　나 또한 그렇다. '독서 인구가 나날이 줄어든다'라는 뉴스를 볼 때마다 조용히 텔레비전을 끈다. 마치 '당신이 하고 있는 일은 세상에서 그다지 중요하지 않다'라는 메시지를 듣는 것 같아 마음 한구석이 무너져 내린다. 나는 작가이기도 하지만 '책을 만드는 사람'이기도 하다. 책을 만드는 과정에 '작가'로서 참여하는 일이 참으로 좋다. 정성 들여 쓴 원고를 출판사에 보내고, 편집자가 내 원고를 어떤 제목과 목차로 다듬어줄지 기다리고, 함께 모여 새롭게 목차와 제목을 다시 상의하고, 표지와 본문 디자인을 의논하고, 혹시 틀린 글자가 없는지 여러 번 교정·교열을 거치면서, 나의 '글 뭉치들'은 한 권의 어엿한 '책'이 되어간다. 책으로 만들어지기 전에는 그저 여러 꼭지의 '원고'에 지나지 않았던 나의 글이 '책'으로 만들어지는 순간 하나의 어엿한 생명체로 다시 태어난다. 책을 읽는 즐거움이 아름다운 꽃의 향기를 맡는 것 같은 감상의 쾌락이라면, 책을 만드는 즐거움은 작물의 씨앗을 뿌리고 물을 주고 햇빛이 잘 들게 도와주며 마침내 가을의 추수를 기다리는 농부의 보람을 닮았다.

　인공지능이 작가를 대신할 것이라는 소식도 들었지만, 나에게는 그다지 청천벽력 같은 소식이 아니었다. 인공지능이

나의 두뇌와 나의 감성까지 훔쳐갈 리는 없기 때문이다. 설
령 기술이 발전해 인공지능이 작가의 창작 메커니즘을 훔쳐
간다 해도, 그가 훔쳐간 지능이나 감성은 또 나와 다르게 발
전할 것이다. 나는 내가 살아온 방식, 내가 만나는 사람, 내
가 일구어온 삶에 따라 매 순간 달라지는 존재이니까. 그런
데 독자가 점점 줄어든다는 소식은 인공지능의 가공할 발전
보다도 훨씬 무서운 이야기다. 아무리 열과 성의를 다해 글
을 쓰고, 아무리 간절한 진심을 담아 책을 만들어도, 아무도
읽어주지 않는다면? 그것은 내가 감당할 수 있는 절망이 아
닐 것 같다.

스마트폰과 영화, 웹툰과 웹소설의 선풍적인 열기를 나는
이길 수 없다. 하지만 오늘도 스스로에게 묻는다. 이런 복잡
하고 열광적인 무한 미디어 시대에도, 나는 나 자신만의 글
쓰기를 계속할 것인가. 무척 힘들지만 많이 외롭지만, 그래
도 아직은 괜찮다. 강연에 나가면 독자들이 이런 질문을 한
다. "선생님, 블로그나 트위터, 페이스북 같은 건 안 하시나
요?" 나는 겸연쩍게 웃으며 "아무것도 안 한다"라고 대답한
다. 그러면 독자들은 무척 당황한다. 이런 무한 미디어 시대
에, 독자와의 적극적인 소통을 거부하는 고집불통의 작가처

럼 보일지도 모르겠다. 하지만 이것이 내가 나다움을 지키는 방식이다. 조금 느리더라도, 많이 뒤떨어지더라도, 인터넷으로 사생활을 노출하는 것보다는 나만의 느리고 소중한 글쓰기를 계속하고 싶다.

때로는 출판사들도 나에게 요구한다. "선생님, 인스타그램을 하시면 안 될까요? 책 홍보에 많은 도움이 될 것 같은데요." 그래도 나는 정중하게 거절한다. 그건 '나다움'이 아니기 때문이다. 나는 그저 글로만 승부했으면 좋겠다. 글 쓸 시간도 늘 모자란데, 다른 것을 더 할 여유가 없다. 또한 페이스북이나 인스타그램의 글쓰기는 불가피하게, 좀 더 멋지게 좀 더 빛나게 나 자신을 포장하는 문제가 되어버리니, 나는 그런 글을 쓰는 데는 재주가 영 없다. 조금 촌스러워도 좋다. 시대에 좀 뒤떨어져도 좋다. 내가 원하는 것은 적극적인 마케팅이 아니라 진심 어린 독자의 공감이기 때문이다. 나는 글쓰기를 사랑하는 것이지 인기를 사랑하는 것이 아니기 때문이다.

무엇보다도 나는 독서의 즐거움을 포기할 수가 없다. 나의 건강이 나빠지거나, 여러 가지 이유로 글을 못 쓰게 되더

라도, 나는 책 읽는 사람의 행복만은 포기할 수 없을 것 같
다. 책을 읽을 때 나는 진정으로 살아 있음을 느낀다. 누군가
가 정성 들여 쓴 글을 읽는 기쁨을 통해 나는 매 순간 새로
운 존재로 거듭난다. 그러니 아직도 책을 읽는 것을 두려워
하는 독자들에게 나는 독서의 열정을 북돋아주고 싶다. 꼭
오늘 당장 모든 것을 다 이해하지 않아도 좋다. 당신이 오늘
단 10분만이라도 책을 읽었다면, 한 권의 책이 아니라 단 한
편의 시를 읽었다 하더라도, 당신은 진정으로 훌륭한 독자
라고. 진심 어린 독서의 기쁨을 알기만 한다면, 책을 읽으며
'이 글을 쓴 사람은 어떤 사람일까' 궁금해할 수만 있다면,
'책을 통해 우리가 만들어갈 세상은 어떤 세상일까'라는 질
문을 던질 수만 있다면, 당신은 이미 세상에서 가장 멋진 독
자이자 미래의 작가가 될 수도 있으니까.

책을 읽는다는 것, 그것은 이 세상에 있으면서도, 저 너머
의 또 다른 세상을 꿈꿀 수 있는 자유다. 책을 읽는다는 것,
그것은 삶에서 어떤 폭풍우가 몰아쳐도 내면의 힘만으로 나
를 지켜낼 용기를 기르는 일이다. 책을 읽는다는 것, 그것은
항상 매 순간 새롭게 태어날 부활의 에너지를 충전하는 정
신의 모험이다.

오직
한 번뿐인
생의
영롱한
반짝임

대학생의 고민을 들어주는 상담 선생님과 이야기를 나누
다가, 요새 학생들의 가장 큰 고민 중 하나가 '괴언 대학에서
의 배움이 앞으로 취업에 진짜 도움이 될까' 하는 걱정임을
알게 되었다. 가슴이 아려왔다. 나 또한 취업이 걱정이긴 했
지만 '대학에서 배우는 것이 반드시 취업에 도움이 되어야
한다'라는 강박은 없었다. 오히려 이런저런 현실적인 걱정
때문에 내가 '정말로 배워야 할 것들'을 소홀히 할까 봐 고민
이었다. 대학은 내게 취업의 관문이 아니라 '인생에서 진정
으로 배워야 할 것'을 스스로 탐구하는 곳, 가슴 아픈 방황마
저도 창조와 배움의 에너지가 되는 장소였다. 내가 대학 생
활에서 후회하는 것은 '취업의 관문을 통과할 만한 실질적
인 기술'을 배우지 못한 것이 아니라, 더 많은 책을 읽지 못
한 것, 더 깊이 친구를 사귀지 못한 것, 그리고 또다시 상처

받을까 봐 새로운 도전 자체를 두려워한 것이었다.

　새해가 다가올 때마다 나는 헨리 데이비드 소로의 『월든』을 다시 읽는 버릇이 있다. 주체할 수 없는 열정으로 스스로를 너무 괴롭히고 있는 것은 아닌지, 일에 대한 사랑을 삶에 대한 사랑으로 착각하는 것은 아닌지 되돌아보며. 우리는 길을 잃은 뒤에야, 세상을 잃은 뒤에야 비로소 자신을 찾기 시작한다는 소로의 속삭임이 다시금 가슴을 아프게 두드린다. 삶이 아닌 삶은 살고 싶지 않다고, 삶을 극한으로 몰아세워 최소한의 조건만 갖춘 강인한 스파르타인처럼 살고 싶다는 소로의 결심이 매번 싱그러운 울림으로 다시 다가온다.

　얼마 전에는 프랑수아즈 사강의 소설 『브람스를 좋아하세요...』를 읽다가 가슴 저미는 문장을 찾아냈다. "나는 당신이 사랑을 놓쳐버렸고 행복해야 할 의무를 소홀히 했으며 체념으로 하루살이처럼 살아온 데 대해 고소합니다." 바로 이런 뼈아픈 후회에 빠져들지 않기 위해, 우리는 오늘 바로 이 순간을 와락 붙잡아야 하는 것이다. 나 또한 '언젠가 마음의 여유가 생기면' 내가 바쁘다는 핑계를 대며 놓쳐버린 생의 모든 소중함을 되찾을 수 있으리라는 헛된 꿈을 꾸었던

것은 아닐까. '하고 싶은 일'보다는 '해야 할 일'에 집착하는
한, '내가 꿈꾸는 삶'이 아닌 '남들이 부추기는 삶'을 향한 미
련을 놓지 못하는 한, 나는 결코 잃어버린 사랑을 되찾을 수
없고, 행복해야 할 의무에 충실할 수도 없으며, '그 꿈은 어
차피 이루어지지 않을 테니 하루라도 빨리 포기하자'라는
습관화된 체념으로부터 벗어날 방도가 없을 것이다.

  젊은이들이 취업을 해야만 한다는 의무감 때문에 직업을
선택하는 것이 아니라 '내가 이 일을 사랑한다는 사실' 자체
를 최고의 가치 기준으로 삼았으면 좋겠다. 신학자 프레더
릭 뷰크너는 우리가 직업을 선택하는 기준에 대해 이렇게
아름다운 정의를 내렸다. "직업은 당신의 진정한 기쁨과 세
상의 깊은 허기가 서로 만나는 장소이다." 세상의 깊은 허기
를 읽어내는 지혜로운 눈길, 그리고 그 허기와 자신의 진정
한 기쁨의 뿌리를 일치시킬 줄 아는 마음의 안테나가 필요
한 요즘이다. 조성진이 협연한 베토벤의 「황제」 실황을 텔
레비전으로 시청하면서, 나는 '오직 한 번뿐인 생의 눈부신
반짝임'을 보았다. 조성진의 재능은 단지 최고의 테크닉에
만 있는 것이 아니라, 아주 익숙한 음악조차 '세상에 처음 출
현하는 작품'처럼 찬란한 싱그러움으로 되살려낼 줄 아는

음악적 감수성이었다. 그가 연주하는「황제」를 들으며 나는 그토록 여러 번 들었던 작품이 마치 오늘 이 무대에서 새로이 태어나는 듯한 맑은 감동을 맛보았다. 무언가를 후회 없이 사랑한다는 것은 저런 표정, 저런 느낌, 저런 열정에서 우러나오는구나. 부럽고, 아름답고, 눈부셨다.

취업 걱정에 한숨짓는 우리 젊은이들이 이렇게 생에 한 번뿐인 영롱한 반짝임을 놓치지 말았으면 좋겠다. 지금 이 순간 우리 앞에서 연주되는 생의 아름다움은 오직 한 번뿐이니. '세상이 목말라하는 것'을 찾기 위해 부디 유행이나 대세를 따라가지 않기를, 다만 자기 안의 목마름을 세상의 목마름과 일치시킬 수 있도록 끊임없이 '나의 열정'과 '세상의 허기'를 연결하는 마음공부를 게을리하지 않기를.

우리는 너무나도 철저하게
현재의 생활을 신봉하고 살면서
변화의 가능성을 부인하고 있다.
"이 길밖에는 다른 도리가 없어" 하고
우리는 말한다.
그러나 원의 중심에서 몇 개라도
다른 반경을 가진 원들을 그릴 수 있듯이
길은 얼마든지 있다.
생각해보면 모든 변화는 기적이라고 할 수 있으며,
그 기적은 시시각각으로 일어나고 있다.

— 헨리 데이비드 소로, 강승영 옮김, 『월든』, 은행나무,
   2011, 28쪽.

호모 루덴스, 놀이하는 인간의 본능

　연휴가 시작될 때마다 반가운 마음이 앞서면서도, '이 황
금 같은 연휴를 도대체 어떻게 보내야 할지', 그것 또한 또
하나의 커다란 고민거리라는 생각이 든다. 놀이도 일처럼
고민하는 우리 현대인은 '놀이'에 대한 학습된 죄책감을 내
면화해왔다. 놀 수 있을 때 노는 것도 왠지 부끄러워하고 미
안해하는 이들이 많다. 놀이의 진정한 기쁨을 느껴본 적이
언제였는지, 기억조차 할 수 없다는 사람들이 많다. 내 기억
을 더듬어보면, '사당오락'이라는 충격적인 말을 들은 일곱
살의 어느 오후부터 내 놀이는 더 이상 즐겁지 않게 되어버
린 것 같다. '4시간 자면 대학에 붙고, 5시간 자면 대학에 떨
어진다'라는 말도 안 되는 속설이 통하던 시절이었으니, 그
런 말이 일곱 살 소녀의 귀에 들어간 것도 이상한 일은 아니
었다. 하지만 그 말이 엄마의 입에서 나온 것이 문제였다. 엄

마를 한참 무서워하던 시절이었으니 나는 '앞으로 잠을 줄여 대학에 가야 할지도 모른다'라는 공포에 떨었던 것도 같다. 나는 잠을 싫어하는 아이가 되어갔고, 놀이를 좋아하지 않는 아이가 되어갔다. 이렇게 '놀이에 대한 최초의 거부감'을 학습한 시기가 다를 뿐, 우리 모두는 놀이에 대한 죄책감을 어떤 식으로든 내면화해온 것이 아닐까.

"놀 땐 놀고 공부할 땐 공부하라"라는 어른들의 조언은 참 위선적으로 느껴졌다. 성적이 조금이라도 떨어지면 잡아먹을 듯이 노려보고 벌까지 주면서, "놀 땐 놀라"라니. 그래서 우리는 '사실은 몰래몰래 곧잘 놀면서도, 놀 때마다 공부나 일 생각을 멈추지 못하는' 집단적 분열증을 앓고 있는 것이 아닐까. 그리하여 나에게는 '호모 루덴스(놀이하는 인간)'라는 인간의 정의가 오랫동안 수수께끼였다. 호모 폴리티쿠스, 호모 파베르, 호모 사피엔스 모두가 이해되었지만, 호모 루덴스만은 받아들이기가 어려웠다. 놀고 있는 동안에도 불안과 권태를 느끼는 나 자신을 보면, 놀이는 인간의 진정한 본성이 아닌 것처럼 느껴졌다. 그런데 세 명의 조카들이 차례차례 태어나 자라나는 것을 보면서, 나는 '호모 루덴스'의 정의를 비로소 온몸으로 이해하게 되었다. 아기들은 본능적으로 놀이의 대상을 찾았다. 아기들에게는 세상 모든 것들이 저마다 다른 빛깔과 향기를 지닌 장난감처럼 보인다는 것을 깨닫게 되었다. 조카들을 만날 때마다 나는 두 팔을 활짝 벌려 그들을 가뿐히 들어 올린 채 비행기를 태워준다. 그때마다 조카들은 나를 '인간 비행기'로 생각하는 것 같다. 나는 조카들에게 '온몸으로 비행기를 태워주는 사람', '장난감이나 간식을 사주는 사람', '가위바위보를 곧잘 져주는 사람', '엉터리 레슬링이나 달리기 시합을 함께해주는 사람'으로 각인되었다. 그러니까 나는 우리 조카들에게 '살아 있는 장난감'이었다.

　나뿐만 아니라 세상 모든 것들이 아이들에게는 살아 숨쉬는 장난감, 놀이의 대상이자 놀이터였다. 자라나는 아이들을 가까이서 오랫동안 지켜보니 비로소 이해할 수 있을 것 같았다. 놀이는 인간이 지닌 최고의 아름다운 본능이라는 것을. 놀이를 통해 아이들은 세상 모든 것들을 스펀지처럼 흡수한다. 색깔도 향기도 소리도 맛도, 모두 놀이를 통하여 더욱 선명하고 다채롭게 배운다. 놀이를 통해 아이들은 세상과 관계를 맺고, 놀이를 통해 사랑과 인내와 슬픔과 감동을 배운다. 나도 한때는 그랬을 것이다. 놀이에 대한 죄책감 없이 놀이 그 자체를 즐길 줄 아는 해맑은 감수성이, 나에게도 한때는 있었을 것이다. 나는 바로 그 해맑은 감수성을 되찾는 것이 현대인의 새로운 과제임을 느낀다. 황금연휴에 꼭 멀리 외국으로 휴가를 떠나지 않아도 좋다. 여가를 즐긴다고 해서 꼭 레포츠나 취미 활동에 돈을 쓰지 않아도 좋다. '놀이는 누가 뭐래도 행복한 것이며, 우리 몸과 마음에 기쁨을 충전하는 길'임을 긍정하기만 한다면.

천만다행인 것은, 내가 나이 들수록 '놀이를 즐길 줄 아는 어른'이 되어간다는 것이다. 돌이켜보면 글을 쓴답시고 그렇게 많은 여행을 떠났던 것도 사실은 '글쓰기'라는 노동을 핑계로 '여행'이라는 '세상에서 가장 멋진 놀이'를 죄책감 없이 즐기기 위함이 아니었을까. 일과 휴식을 분리한다는 것은 결코 쉬운 일이 아니다. 하지만 놀이 속에도 일의 요소가 있고 일 속에도 놀이의 요소가 있음을 몸으로 느끼는 것은 중요하다. 노동 속에서 놀이의 기쁨을 찾을 줄 알고, 놀이 속에서 배움이나 노동의 기쁨을 자연스럽게 얻을 수 있다면 꼭 일과 휴식을 칼날처럼 구분하지 않아도 좋지 않을까.

그런데 어른들은 놀이의 기쁨을 자발적으로 찾을 길을

마련할 수 있을 테지만, 어린이들에게만은 '놀 수 있는 기회
와 공간'을 꼭 만들어주었으면 좋겠다. 어렸을 때 '놀이의 기
쁨'을 배우지 못한 사람은 커서도 놀이의 진정한 희열을 느
낄 수 없기 때문이다. 그 누구도 주눅 들지 않는 교육, 아이
들 각자가 자신의 재능을 한껏 발휘할 수 있는 교육, 결코
등수를 따지지 않는 교육으로 유명한 핀란드에서 아이들에
게 방학 숙제는 '집 바깥에서 노는 것'이라고 한다. 바로 이것
이다. 묻지도 따지지도 않고, 그저 어릴 때는 '놀이의 기쁨'을
곧 세상의 모든 것을 배울 수 있는 창구로 만드는 것. 놀이
속에서 인생의 희로애락을 배우는 어린 시절의 체험이야말
로 '호모 루덴스로서 인간'의 본성을 깨달을 수 있는 결정적
인 통로가 된다.

   모든 진정한 의례는 노래 부르고, 춤추고, 놀이하기를 동시
다발적으로 수행했다. 현대인들은 의례와 신성한 놀이에 대한
감각을 잃어버렸다. 우리의 문명은 오랜 세월이 흐르면서 너무
정교해졌다. 하지만 음악적 감성은 여전히 그런 감각을 되살려
준다. 우리는 음악의 분위기를 타는 순간 의례를 느끼게 된다.
음악을 즐기면서, 그것이 종교적인 개념을 표현하는 것이든 아

니든 아름다움의 감각과 성스러움에 대한 느낌이 하나로 합쳐지고 놀이와 진지함의 구분이 사라져서 하나로 융합된다.

　— **요한 하위징아, 이종인 옮김, 『호모 루덴스』, 연암서가,**

　　2010, 302~303쪽.

『구텐베르크 은하계』를 쓴 학자 마셜 매클루언은 놀이의 중요성을 이렇게 강조했다. "놀이가 없는 사회나 인간은 좀비 상태로 침몰한다." 철학자 프리드리히 니체는 '놀이'의 정신이야말로 인류를 위대하게 만들어주는 그 무엇이라고 믿었다. "나는 위대한 과제를 대하는 방법으로 놀이보다 더 좋은 것을 알지 못한다. 이것이 바로 위대함의 징표이자, 본질적인 전제 조건이다." 놀이는 비생산적이고 비효율적이며 괜한 시간 낭비라고 생각할 것이 아니라 놀이 속에서 인간의 창조적 본질을 찾을 줄 알았던 철학자들의 말에 귀를 기울여보자. 놀이를 할 때 우리는 '이걸로 돈을 벌 수 있을까', '이게 과연 내 인생의 발전에 도움이 될까'라는 식으로 질문하지 않는다. 그냥 놀이의 바다에 풍덩 빠진다. 놀이의 기쁨에 온몸을 맡기느라 이것저것 생각할 겨를이 없다. 놀이의

기쁨에 자신을 온통 내던져, 땀이 비 오듯 흘러도, 몸의 여기
저기에 상처가 나도 잘 알지 못할 정도로, 놀이는 망아忘我
의 쾌락을 선물하는 무엇이다. 놀이의 기쁨에 마음을 빼앗
겨 '나는 누구인가'를 잊어버리는 경지, 나아가 마침내 놀이
를 통해 '나는 어떤 사람인가'를 뒤늦게 깨닫게 되는 것이 호
모 루덴스의 행복이 아닐까. 노동의 효율성 속에 자신의 모
든 가능성을 던져버리는 현대인, 더 높은 생산성을 위해 달
콤한 휴가마저 반납하는 현대인에게 진정으로 필요한 것은
'놀이 속에서 진정한 기쁨을 발견할 수 있는 시간과 공간'이
다. 놀이는 현실도피가 아니다. 놀이는 노동의 회피도 아니
다. 놀이는 세계와 나 자신이 관계 맺는 원초적인 기쁨의 길
을 따라가는 마음이다. 언젠가는 우리 모두가 부디 죄책감
없이 놀이에 집중할 수 있는 해맑은 순수를 되찾을 수 있기
를. 놀이를 통해 삶의 모든 희로애락을 느낄 수 있는 투명한
감수성을 되찾을 수 있기를.

무거운
세상을 향해
가볍게
날아오르는
시인의
날개

　다른 책은 말고, 유난히 꼭 시집을 읽고 싶을 때는 언제일
까. 나는 주로 '아름다운 언어가 지닌 치유의 힘'을 느끼고 싶
을 때 시집을 산다. 사람들이 마구 내뱉는 말들의 공격성에
기가 질릴 때, 언어를 세상에서 가장 깨지기 쉬운 유리잔처
럼 곱디곱게 다루는 시인들의 못 말리는 정성스러움이 그리
워진다. 그런데 김민정의 시집은 조금 다르다. 물론 그 거침
없고 도발적인 언어도 또 다른 아름다움의 줄기이지만, 그
의 시는 '재미있어서', 정말 재미있어서 읽고 싶어진다. '재미
있다'라는 밋밋한 단어보다는 '재미지다'라는 좀 더 차진 표
현이 어울리는 김민정의 시집을 펼치면, 곳곳에서 발랄하고
유쾌한 시어들이 은빛 날치 떼처럼 눈부시게 날아오른다.

　"우리 은밀히 모이자고 그런 다음 / 광화문 한복판에서 삐

라를 뿌리는 거야 / 어때 기막히지?”, “아뇨 코 막혀요 / 독서
권장 리플릿을 손으로 나눠주면 되지 / 왜 굳이 하늘에서 삐
라로 뿌리자는 거예요? / 정권 타도라고 대문짝만하게 쓰면
모를까 / 겁도 많으시면서”, “일단 저 박근혜가 꼴도 보기 싫
어 그러지”.(「자기는 너를 읽는다」, 『아름답고 쓸모없기를』, 문학동네,
2016년, 69쪽. 이하 같은 책 인용.) 이런 대화체 속에서는 이토록 무
거운 세상을 저토록 가볍게 날아오르는 시인의 발랄함이 부
럽다가도, “표준국어대사전을 달달 외워 / 편집자 시험을 준
비하는 제자에게 / 괜찮아 너는 시에 통 재능이 없으니까 /
일찌감치 야무지게 말해둔 건 / 아무리 생각해도 스승의 은
혜야 / 한마디로 너 잘되라는 어머니 마음”(「그대는 몰라」, 75쪽.)
이라는 대목을 읽고 있으면 시인의 평소 말투가 그대로 떠
올라 웃음이 나온다. 그녀는 용감하다. 용감한데 날쌔기까
지 하고, 지적이면서도 유쾌하기까지 하다. 뭔가 본받을 만
한 ‘샘플 어른’ 없나 하고 국회방송을 봤더니, “어른은 어렵
고 어른은 어지럽고 어른은 어수선해서 / 어른은 아무나 하
나 그래 아무나 하는구나 씨발 / 꿈도 희망도 좆도 어지간히
헷갈리게 만드는데”(「‘어른이 되면 헌책방을 해야지’」, 63쪽.)란다.
막장에 몰린 분노를 한바탕 웃음으로 역전시키는 괴력이다.

이원 시인은 김민정 시인이 "돌려 말하기는 꿈에서도 하지 않으므로"(「시집 김민정」, 97쪽.) 삶을 단지 현장에서 포착하는 것이 아니라 "삶을 현장에서 체포"(「시집 김민정」, 97쪽.)하는 사람이라고 쓴다. 과연 그 현장에서 체포된 삶의 이미지가 텔레비전이나 스크린이 아닌 바로 내 앞에서 꿈틀대는 듯 생생하다. 종로 금강제화 맞은편 가판에서 한 남자가 한 여자에게 특대 사이즈 곰 인형을 골라주는 장면처럼. "자기 없이 하루도 못 자니까 자기 없을 땐 밤마다 얘를 껴안고 잘래. 아줌마가 총채로 비닐에 싸인 흰곰을 탈탈 턴다. 여자는 양미간을 찌푸린 채 팔짱을 낀다. (…) 새 물건 없어요? 흰곰이 먼지 뒤집어써서 은곰 됐잖아요. 아줌마가 옆 가판으로 가 특대 사이즈의 흰곰을 하나 빌려서는 다 큰 아이를 업듯 등에 지고 온다. 그사이 한 남자와 한 여자가 횡단보도를 건넌다. 건너버린다. (…) 야 이 씨발 연놈들아! 개쌍 연놈들아!"(53쪽.) 이 시의 제목이 「'보기'가 아니라 '비기'가 싫다는 말」이라니, 두 손 두 발 다 들었다. 그녀는 에둘러 말하지 않고, 생생한 날것 그대로의 삶을 독자의 눈앞에 들이민다. 우리가 낮에 '비기가 싫어서' 못 본 척했던 삶의 부끄러움을, 깊은 밤의 언어, 날쌘 시인의 언어로 투척한다. 그러니 어쩌랴, 은밀한 죄책감을 곱씹으며 읽고 또 읽는 수밖에. 음전한 척하지 않으니, 우아한 척하지 않으니, 그녀의 시어들이 할퀴고 간 내 심장은 더욱 쓰라리다.

   이런 김민정 시인의 꿈은 자신이 골라놓은 책들과 자신이 디자인한 책장으로 헌책방을 내는 것이란다. "책장도 디자인해놓은 지 오래이다 / 아직 수종을 고르지는 않았으나 / 상상하자면 달팽이관을 닮은 미끄럼틀 형세다 / 미끄러지자 책과 책 사이에서 미끄러져보자."(「어른이 되면 헌책방을 해야지」, 62쪽.) 제대로 어른이 되면 헌책방을 내고 싶은데…… 그런데 언제부터가 어른일까. "근데 나 언제부터가 어른일까 / 그때가 이때다 불어주는 호루라기 / 그런 거 어디 없나."(「어른이 되면 헌책방을 해야지」, 62쪽.) 두리번거리는 그녀의 커다란 눈망울이 오늘 하루를 또 열심히, 아니 간신히 견뎌낸 사람들의 쓸쓸한 뒷모습에 사뿐히 머문다. 그녀가 꿈꾸는 미래의 헌책방은 아마도 갈 곳 몰라 방황하는 우리 어른들의 작고 유쾌한 놀이터가 되지 않을까. 이 봄이 다 가기 전에, 미끄러지자, 미끄러지자, 책 사이에서, 시집 사이에서, 미끄러져보자.

내
마음의
돈키호테라는
별을
찾아

여행의 참된 기쁨 중 하나는 여행이 끝난 뒤 오랜 시간
이 지나도 지속되는 설렘이다. 시간이 흘러도 더욱 새록새
록 싱그러워지는 추억의 아우라를 곱씹는 것이야말로 여행
의 또 다른 기쁨이다. 추운 겨울에 한여름의 바캉스를 떠올
리며 따뜻함을 느끼고, 무더운 여름에는 겨울 바다의 고즈
넉한 산책을 회상하며 차가운 겨울바람의 향기를 상상해본
다. 유난히 추위가 빨리 찾아온 지난겨울, 나는 콘수에그라
Consuegra의 뜨거운 햇빛과 새파란 하늘을 그리워하며 여행
의 추억에 잠겼다.

한여름의 스페인 여행은 워낙 더운 날씨 때문에 모두에게
추천하고 싶지는 않지만, 그래도 열정과 낭만이 가득한 스
페인 특유의 감수성을 최대한 경험하고 싶은 분에게는 살짝

귀띔하고 싶다. 정말 무더운 날씨에다 에어컨 없는 건물도 수두룩한 곳이지만, '그래도 스페인은 여름'이라고. 바르셀로나 해변 클럽의 밤새 끝나지 않는 축제의 열기, 알람브라 Alhambra의 작열하는 태양 아래 장엄하게 펼쳐지는 궁전과 성벽, 정열과 광기가 어우러지는 최고의 향연 플라멩코의 본고장 세비야Sevilla에 이르기까지 스페인에 가장 잘 어울리는 계절은 여름이다.

인연의 힘으로 빚어진
돈키호테의 진짜 모험

2016년 여름 나는 세 번째로 톨레도Toledo를 방문했다. 두 번째까지는 톨레도 그 자체의 매력을 보고 싶었으나, 이번에는 『돈키호테』의 풍차로 유명한 콘수에그라를 함께 찾아가고 싶었다. 마드리드에서 톨레도까지는 기차로 40분, 버스로 1시간 15분, 운전을 하면 50분 정도의 거리다. 나는 마드리드에서 기차를 타고 톨레도까지 가서 한 번 더 톨레도의 아름다운 골목길을 둘러본 뒤 콘수에그라로 가는 버스를 타기로 했다. 톨레도에서 콘수에그라

까지는 버스로 50분에서 1시간 정도의 거리다. 톨레도에 10
여 년 전 처음 갔을 때는 없었던 거대한 에스컬레이터가 설
치되어 있었다. 한여름에 언덕길로 땀을 뻘뻘 흘리며 올라
가는 수고를 덜어주는 에스컬레이터를 타고 마을 한복판으
로 바로 들어갈 수 있었다. 은세공으로 유명한 톨레도에는
각종 은 제품을 파는 가게들이 즐비한데, 그 섬세하고도 미
려한 은세공 제품들 중에서도 이번에는 유난히 '돈키호테와
산초' 시리즈가 눈에 띄었다.

　기사라기보다는 왠지 우아한 광대처럼 보이는 돈키호테,
풍만한 몸집과 너그러운 미소로 사람의 기분을 편안하게 해
주는 산초, 그리고 주인을 잘못 만나 팔자에 없는 편력을 떠
나게 된 가여운 명마 로시난테. 세 친구의 모습을 앙증맞은
은세공 제품으로 빚어낸 돈키호테 시리즈는 어디서나 넉넉
한 미소로 톨레도의 여행자들을 반겼다. 돈키호테에게 못
이기는 척 가짜 기사 작위를 내려주는 여관 주인, 돈키호테
가 소설책 때문에 미쳐버렸다고 걱정하며 모든 소설책을 불
태워버려야 한다고 주장하는 사람들, 그리고 돈키호테가 정
상이 아니라는 것을 알면서도 의심의 눈길이 아닌 연민과
우정의 눈길로 돈키호테와 머나먼 고행 길을 떠나는 산초야

말로 돈키호테의 모험을 가능하게 만든 진정한 인연의 힘이
다. 돈키호테로 하여금 실현 불가능한 이상을 품게 만든 것
은 중세 기사들의 영웅적 모험담을 펼쳐놓은 책들이었지만,
돈키호테가 자신의 삶 속에서 한 번도 실현해보지 못한 진
짜 모험을 떠날 수 있게 만든 것은 산초를 비롯한 주변의 온
갖 인연의 힘이었던 것이다.

단 한 번이라도 이상을
좇아본 적이 있나요

작가 이창래는 『돈키호테』를 일컬
어 이렇게 말한 적이 있다. "인간 삶의 모든 어리석음, 갈망,
욕망, 그 모든 것이 여기 다 들어 있다"라고. 나는 그 모든 어
리석음과 이룰 수 없는 갈망이 가득한 『돈키호테』의 흔적
을 찾아 콘수에그라로 떠났다. 마드리드에서 콘수에그라로
가는 길은 크게 두 가지가 있다. 직행하는 버스를 타거나,
톨레도로 간 다음 콘수에그라로 가는 버스를 타는 것이다.
나는 톨레도를 한 번 더 보고 싶은 마음 때문에 두 번째 길
을 택했다.

톨레도로 가는 기차 안에서 『돈키호테』를 다시 읽다가 멋진 구절을 만났다. "역사는 진실의 어머니이며 시간의 그림자이며 행위의 축적이고, 과거의 증인이며 현재의 본보기이자 미래에 대한 예고이다." 첨단 문물로 가득한 대도시보다 오래된 역사의 흔적이 살아 숨 쉬는 곳이 더욱 매력적인 이유가 바로 이것이 아닐까. 오직 '현재'에만 집착하여 경제적 이익만을 최고의 가치로 생각하는 장소에서는, '진실의 어머니'는커녕 '시간의 그림자'나 '과거의 증인', '미래에 대한 예고'를 전혀 느낄 수가 없으니까. 돈키호테는 '책'을 통해 역사와 만났고, 역사 속 그 아름다운 투쟁과 열정의 기사도가 당시의 삭막한 현실 속에서는 더 이상 아무런 의미가 없다는 사실에 안타까움을 느꼈다.

돈키호테는 바보 같아 보이지만 결코 멍청하거나 미친 사람이 아니다. 모두들 '현실'에만 집착하느라 '현실이 어떠해야 하는지'를 고민하지 않을 때, 그는 잘못된 세태에 맞서 끝까지 싸우는 이상의 소중함을 일깨웠다. "이상 없이 살 수 있는 용기. 난 그런 거 없소이다." 바로 그것이다. 현실을 모르면 바보 취급을 받지만, 이상도 꿈도 없이 현실에만 안주하여 산다는 것은 바보 취급을 당하는 것보다 더욱 고통스럽다. 나는 톨레도를 거쳐 콘수에그라로 가면서 '나 또한 나이가 들수록 점점 현실에 안주하여 게으르고 타산적인 사람이 되어가고 있는 것은 아닌가' 하고 스스로를 다그쳐보았다. 새로운 이상에 도전하기보다는 현실에 안주하기 좋아하는 우리 어른들의 나태한 가슴속에서 돈키호테의 열정과 순수를 꺼내는 것이야말로 여행의 힘, 문학의 힘, 그리고 희망의 힘이 아닐까.

자유를 얻는 그날까지
앞으로만, 앞으로만

　　　　　　풍차 마을 콘수에그라는 마침 장터가 열려 북적거렸다. 중세 기사의 복장을 입은 남자들이 거리를 활보했고, 손에 맥주와 스페인식 전통 요리를 들고 여기저기 자리를 옮기며 만찬을 즐기는 사람들의 모습이 한없이 자유로워 보였다. 파는 물건이나 사람들의 의상은 달랐지만, 우리네 전통 장터의 정겨움과 무척 닮은 시장에서 한 할아버지께 '풍차 마을의 꼭대기'로 올라가는 길을 물었다. 걸어가기에는 멀다며 버스를 타고 올라가라고 말씀하셨

는데 나는 왠지 투지가 불타올라 걸어 올라가는 길을 택했
다. 돈키호테가 겪은 고난의 여정을 아주 조금이라도 체험
해보고 싶은 마음 때문이었다. 과연 오르막길은 힘겨웠지
만, 풍차 하나가 곧 커다란 집채만 한 콘수에그라의 풍경은
장엄했다. 풍차와 풍차 사이의 간격이 넓고, 험준한 바위들
이 곳곳에 포진해 있는 마을의 경치는 '황량함'과 '너그러움'
이 공존하여 묘한 조화를 이루고 있었다. 풍차 아래 고즈넉
하니 앉아 흘러간 시간의 뒷모습을 응시하는 여행자의 눈빛
이 아련하게 반짝였다. 풍차 마을로 가는 오르막길은 힘들
었지만, 그 길에서 만난 사람들의 눈빛은 돈키호테를 향한
아련한 향수로 가득했다.

마드리드와 바르셀로나의 비싼 물가에 비하면 콘수에그
라는 모든 것이 반값도 되지 않았다. 10유로 정도면 두 사람
이서 맥주와 식사를 함께할 수 있을 정도로 인심이 후했다.
돈키호테는 쓰레기 더미 속에서 보물을 찾는 것이야말로 진
정한 기사도 정신이라 보았으며, 가장 미친 짓은 오히려 현
실에 안주하여 꿈 따위는 잊어버린 속물주의라고 보았다.
체 게바라는 그 돈키호테의 '두려움 없는 질주'야말로 역사
를 바꾸는 힘임을 알았다. "물레방아를 향해 질주하는 돈키

호테처럼 나는 녹슬지 않는 창을 가슴에 지닌 채 자유를 얻는 그날까지 앞으로만 앞으로만 달려갈 것이다.”

　『돈키호테』를 읽고 있으면 우리가 가장 큰 용기를 내야할 순간은 그 어느 멋진 훗날이 아니라 바로 지금임을 알게된다. 머나먼 훗날에, 아주 시간이 남아돌 때까지 꿈을 미루는 것이 아니라 지금 꿈꾸라고, 지금 사랑하라고, 지금 행복하라고 말해주는 돈키호테. 세상은 우리에게 산초 판사처럼 ‘현실에 적응하라’고 말하지만, 우리 안에 꿈틀거리는 저마다의 돈키호테는 ‘꿈과 이상을 향한 멈출 수 없는 열정’이야말로 삶을 추동하는 힘이라고 속삭인다. 온갖 고된 여정과 쓰라린 객고(客苦)에도 불구하고 여행을 계속하는 한, 우리는 모두 조금씩 ‘돈키호테의 후예’가 아닐까. 다른 삶을 향한 끝없는 모험과 열정이야말로 돈키호테의 등을 떠미는 영혼의 바람이었다.

아이고, 맙소사!
웃을 수도 없고, 울 수도 없고

콘수에그라의 거대한 풍차들, 그
러니까 돈키호테가 자신이 싸워 이겨야 할 진정한 '적수'라
고 생각하고 용감하게 뛰어들었던 그 풍차들을 바라보니,
입이 딱 벌어졌다. 실제로 돈키호테가 말을 타고 그 풍차로
뛰어들었더라면 목숨을 부지하기 힘들었을 것이라는 생각
이 들 정도로 엄청난 규모였다. 산초는 얼마나 당황스러웠
을까. 돈키호테는 거대한 풍차들의 무리를 보자마자 감격에
겨워 이렇게 선언한다. "친구 산초 판사여, 저기를 좀 보게!
서른 명이 넘는 어마어마한 거인들이 있네. 나는 싸워 저놈
들을 몰살시킬 것이야. 그 전리품으로 부자가 될 걸세. 이것
이야말로 정의의 싸움이며, 사악한 씨를 이 땅에서 없앰으
로써 하느님께 크게 봉사하는 일인 게지."

　돈키호테의 엉뚱한 성격을 익히 아는 산초였지만, 풍차를
괴물로 착각하고 그야말로 용감무쌍하게 '적진'으로 돌진하
는 돈키호테의 모습은 얼마나 속수무책의 철없는 영웅 놀음
처럼 보였을까. 산초는 사정없이 내동댕이쳐진 돈키호테의
모습을 딱하게 바라보며 이렇게 말한다. "아이고 맙소사!"
"제대로 살피고 일을 하시라고 제가 말씀드리지 않았나요?
저건 풍차라고요. 머릿속에 그런 해괴한 생각을 담고 있는

사람이 아니라면 누가 그걸 모르겠냐고요!"

내가 세르반테스의 『돈키호테』에서 가장 좋아하는 장면 중 하나는 산초의 이런 진심 어린 애정이 듬뿍 묻어나는 장면이다. 산초가 극구 말리는데도 굳이 한밤중에 용감하게 모험을 떠나야 한다며 그야말로 난리 법석을 피우는 돈키호테. 그날도 어김없이 온갖 화려한 미사여구와 용맹스러운 결심을 담은 문장을 나열하며 자신이 오늘 밤 반드시 길을 떠나야 하는 이유를 구구절절 설명하는 돈키호테 앞에서 산초는 망연자실한다.

산초는 한밤중에 성치도 않은 몸과 마음으로 혼자 적을 무찌르러 나간다는 돈키호테를 붙잡기 위해 기막힌 묘안을 짜낸다. 돈키호테의 시선을 교묘히 피해 로시난테의 네 발을 묶어버린 것이다. 아무리 박차를 가해도 로시난테가 한 발짝도 움직이지 못하자 돈키호테는 어리둥절해한다. 발이 묶여 답답함을 호소하는 로시난테의 비명 소리는 처량하고 구슬프지만 독자는 그럼에도 웃음을 참을 수가 없다. 로시난테에게도 이 위험한 한밤중에 철부지 주인 돈키호테를 태우고 정처도 없이 길을 떠나는 것보다는 산초의 보호를 받으며 발이 묶여 있는 것이 안전하기 때문이다.

그야말로 웃지도 울지도 못할 상황이 발생한 것이다. 말 주인 돈키호테는 기를 쓰고 출발하려 하고, 종자인 산초는 기를 쓰고 주인을 막아서며 말리고, 로시난테는 어떻게든 한 발짝이라도 움직여 보려 하지만 옴짝달싹하지 못하는 상태가 되어버린 것이다. 돈키호테가 그럼에도 포기하지 않고 계속 길을 떠나려 하자 산초는 곧 죽어도 남의 말은 듣지 않는 이 고집불통의 편력 기사를 보필해야 하는 스트레스에 몸을 떨다가 그만 바지도 내리지 못한 상태에서 '커다란 실례'를 범하고 만다. 자신이 뒷간에 가면 돈키호테가 몰래 혼자 길을 떠날지도 모르기에, 차마 '큰 일'도 보러 가지 못하고 참고 또 참으며 실랑이를 벌이다가 엄청난 실례를 저지르고만 것이다.

산초는 민망함과 부끄러움에 어쩔 줄 모르고, 돈키호테는 평소의 점잖음과 우아함을 유지해보려고 기를 쓰지만, 산초의 몸에서 풍겨 나오는 고약한 분변의 냄새만큼은 숨길 수가 없다. 산초는 부끄러움에 몸부림치다가 결국 키득키득 터져 나오는 웃음을 참지 못하고, 돈키호테는 산초의 몸에서 풍겨 나오는 악취에 놀라 떠나고 싶은 비장한 각오까지 잊어버릴 지경이다. 말 못 하는 로시난테는 얼마나 황당하고 어처구니없었을까. 『돈키호테』는 이렇듯 주인공이 심각하고 비장해질수록 오히려 우스꽝스러운 상황을 연출하여 독자들로 하여금 그야말로 웃음과 슬픔이 절묘하게 어우러진 '웃픈 미소'를 자아내게 만든다.

돈키호테, 마음속
결코 꺼지지 않는 빛

재미있는 것은 이 모든 상황에서 모든 사람들이 심각하고 진지하게 최선을 다한다는 점이다. 한 치 앞이 보이지 않는 한밤중의 공포 속에서도 돈키호테는 진심으로 적들을 물리치는 고행 길을 떠나고 싶어 안달이 나 있고, 산초는 돈키호테의 엉뚱하고도 기막힌 용기와 기백에 황당해하면서도 진심으로 돈키호테의 안위를 걱정하고 있으며, 영문을 모르는 로시난테조차도 나름대로 열심히 한 발자국이라도 더 앞으로 나아가기 위해 심각하게 발버둥 치고 있다.

이 모든 상황이 안쓰러우면서도 정겹고 애처롭다. 지금 내가 처한 상황에 만족하지 못하고 끊임없이 더 커다랗고 높은 이상을 향해 눈가리개를 한 경주마처럼 앞으로 또 앞으로 질주할 수밖에 없는 인간의 영원한 결핍을 일깨우는 것이다. 돈키호테는 언뜻 헛된 이상에 사로잡혀 인생을 낭비하는 백면서생처럼 보일 수 있지만, 주인의 학대와 착취에 고통받는 소년을 구하려고 애쓸 때의 돈키호테는 마치 순수한 열정에 불타오르는 혁명가처럼 보이기도 하고, 가상의 연인 둘시네아를 향한 낭만적 사랑을 거침없이 표현하는 대목에서는 그의 늙고 지친 상태와는 상관없이 그저 사랑에 빠진 순수한 청년처럼 보이기도 한다.

돈키호테는 그렇게 현실의 남루함 속에서도 결코 빛을 잃지 않는 우리 안의 순수를 자극하는 존재가 아닐까 싶다. 주인에게 품삯도 제대로 받지 못하고 가혹한 매질을 당하고 있는 소년을 구하려는 돈키호테의 마음은 누구보다도 순수하게 고통받는 자의 아픔을 함께하려는 공감의 몸짓으로 다가온다. 가상의 연인 둘시네아를 향한 열정에 사로잡혀 말도 안 되는 공상과 고백과 모험을 불사하는 돈키호테의 사랑 또한 세속에 찌든 사람들에게서는 찾아보기 힘든 해맑은 순수와 열정으로 읽는 이에게 감동을 준다.

　돈키호테는 현실의 장벽 앞에서 매번 꿈을 포기하는 데
익숙해진 우리에게 이렇게 속삭이는 것만 같다. 공포가 영
혼을 할퀴어도 좋다. 내가 가진 모든 것을 다 잃어도 좋다.
나의 눈부신 이상을 이 세상 한 귀퉁이에 조금이라도 펼칠
수만 있다면. 콘수에그라의 거대한 풍차를 보면서 나는 「맨
오브 라만차」의 멋진 노래 가사를 떠올리며, 콘수에그라의
여정이 내게는 '내 마음의 돈키호테'라는 별을 되찾는 과정
이었음을 깨닫는다.

　이룰 수 없는 꿈을 꾸고 / 이겨낼 수 없는 적과 싸우며 / 감당
해낼 수 없는 슬픔을 견디어내고 / 용맹한 자도 가기를 꺼리는
곳으로 달려가며 / 교정될 수 없는 악을 바로잡고 / 저 멀고 먼
순수와 순결을 사랑하며 / 두 팔이 피곤할 때도 실천하기를 주
저 않고 / 닿을 수 없는 별에 가닿는 것 // 이것이 내가 추구하는
바요. / 그 별을 따라가는 것 / 아무리 희망이 없을지라도 / 아무
리 갈 길이 멀더라도 / 옳음을 위해 나아가고 / 그 어떤 의혹이
나 쉼이 없이 / 기꺼이 지옥으로 행진해가오. / 하늘의 정의를

위해서! / 그리고 나는 아오. / 내가 언젠가 이 영광스러운 과업을 마치고 쉬게 될 때 / 나의 마음이 평화롭고 고요하리라는 것을. // 그리고 세상은 좀 더 나아지겠지요. / 멸시당하고 상처투성이의 사나이일지라도 / 단 한 푼만큼이라도 남아 있는 마지막 용기를 가지고서 / 저 닿을 수 없는 별에 나아가 닿는다면!

— '이룰 수 없는 꿈', 뮤지컬 「맨 오브 라만차」 중에서

비록
당신이
서툴고
상처투성이
일지라도

가끔 케케묵은 옛날 영화에서 오늘의 슬픔을 달래는 최고의 무기를 발견한다. 별다른 기대 없이 영화 한 편을 보다가 '내 안의 깊은 고민거리나 골치 아픈 화두'와 영화의 한 장면이 번쩍 스파크를 일으키는 순간이다. 마이클 호프만 감독의 「한여름 밤의 꿈」을 보며 시종일관 키득키득 웃음을 터뜨리던 나는 어떤 장면에서 불현듯 눈시울이 뜨거워지고 말았다. 셰익스피어의 원작을 리메이크하면서, 영화는 또 하나의 액자 속 이야기를 첨가하는데 그것은 서툴기 그지없는 유랑 극단이 그리스신화 중 「피라모스와 티스베」라는 비극적 사랑 이야기를 연극 무대에 올리는 것이었다. 극단은 정말 엉망진창이다. '벽'을 사이에 두고 금지된 사랑을 나누는 피라모스와 티스베의 안타까운 사랑 이야기를 아주 슬프게 연출해야 하는데, '벽'을 표현할 장비가 없어서 신참 배우가

벽 역할을 대신한다. 그의 어색하고 서툰 '발연기' 때문에 피라모스와 티스베의 안타까운 사랑은 코믹하고 우스꽝스러운 촌극이 되어버리고 만다. 게다가 아름다운 여인 티스베를 연기하는 배우가 끔찍하게 촌스러운 '여장'을 한 남자 배우라는 사실이 너무 빤히 보여서 근엄한 귀족들로 꽉 채워진 관객석은 순식간에 아수라장이 되고 만다.

나를 슬프게 만들기 시작한 것은 이 연극의 감독을 맡은 연출가의 난처한 표정이었다. 배우들이 아무리 혼신의 힘을 다해 연기해도 주변 상황이 받쳐주지 않아 공연이 엉망진창이 되어버리는 과정을 바라보며 연출가는 절망에 빠진다. 바로 옆집에 살면서도 서로 적대시하는 부모님들 때문에 사랑을 이루지 못하는 피라모스와 티스베. 아무리 어른들이 뜯어말려도 돌벽에 난 작은 균열 사이로 대화를 나누며 애틋한 사랑을 키워가던 두 사람은 마침내 사랑의 도피를 결심한다. 약속 장소로 먼저 가 기다리던 티스베가 무시무시한 사자를 발견하고 도망치다가 베일을 떨어뜨리고, 방금 먹어치운 동물의 피를 입에 잔뜩 묻힌 사자는 티스베의 베일에 피를 묻혀가며 그것을 갈기갈기 찢어놓는다. 이윽고 피 묻은 베일을 발견한 피라모스는 그녀가 죽었다고 생각하

며 슬피 울다가 자결하고, 사랑하는 연인이 시체로 발견되
자 티스베도 마침내 그 뒤를 따르고 만다. 이 드라마틱한 비
극을 어설픈 시트콤으로 만들어버린 극단을 책임져야 하는
연출가는 금방이라도 울음을 터뜨릴 것 같다. 최근 나는 지
금까지와는 달리 내가 전면에 나서야 하는 새로운 프로젝
트, 곧 '월간 정여울'을 시작했는데, 지금 내 상황이 바로 그
연출가의 상황과 같게 느껴져서 울컥하는 감정이 밀려들었
다. '과연 이 상황에서도 내가 잘해낼 수 있을까' 하는 두려움
이 마음을 꽉 채워, 나는 도탄에 빠진 연극을 속수무책으로
바라보는 연출가처럼 가슴이 먹먹했던 것이다.

  이런 생각에 빠져 한참 서글픈 감정이입을 하고 있는데,
갑자기 그 촌스러운 여장 배우(샘 록웰)가 놀라운 연기를 펼
치기 시작한다. 이제야 겨우 그 안타까운 사랑이 이루어질
수 있게 되었는데, 눈앞에서 죽어버린 연인의 시체를 껴안
고 티스베는 심장이 말라붙도록 통곡하기 시작한다. "제발
일어나요, 피라모스. 당신은 말이 없군요. 죽어버린 거예요.
무덤 속에 이토록 고운 당신을 묻어야 하다니, 백합 같은 입
술, 분홍빛 코, 복숭앗빛 뺨을 다신 못 보다니. 다신 못 보다
니." 배우의 완벽한 연기가 무대를 장악하자 어수선하던 객

석은 숙연해진다. 시종일관 어설프기 그지없던 주인공이 연극의 라스트신이라는 마지막 기회를 최고의 구원투수로 만든 것이다. 관객을 감동시킬 마지막 기회를 놓치지 않은 배우의 열연 때문에 결국 끝이 좋으면 다 좋아지는 멋진 기적이 완성되었다. 뭐가 어떻게 될지, 남들은 어떻게 생각할지, 내가 얼마나 자신감이 있는지, 그것은 중요하지 않았다. 그는 온전히 그 순간의 슬픔에만 집중했고 그가 연기에 너무 몰입하여 여성으로 억지스레 꾸며 붙인 가발마저 벗어버리고 남자임을 숨길 수 없는 지경이 되어버렸지만 오히려 그 꾸밈없는 모습 때문에 나는 울고 말았다.

　온 마음을 바쳐 사랑했지만 이제는 다시 그 웃음소리도 따뜻한 뺨도 만져볼 수 없는 죽은 연인을 향한 애절한 그리움, 당신 없는 세상에서는 살아갈 의미를 찾지 못하는 여인의 간절함만이 무대 위를 온전히 장악한다. 오직 그 자리를 세상의 뜨거운 중심으로 만드는 순수함이 극단을 비웃던 모든 관객들을 숨죽이게 만들었다. 영화가 끝나고 난 뒤 나는 자문자답해보았다. 요새 나는 '남들이 나를 어떻게 평가할까'라는 걱정에 사로잡혀 진짜 중요한 것을 잊고 있었던 것이다. 내 안의 멋진 현자는 이렇게 말한다. "사람들이 어떻게 생각하는지, 그런 거 말고. 너 자신이 스스로에게 최선을 다했니?" 나는 그 질문에 깜짝 놀라, 반사적으로 대답한다. "물론이지!" 내 안의 멘토는 내 등을 툭 치며 이렇게 대답한다. "그럼 됐지, 뭘 더 바라니? 그럼, 정말로 된 거야." 나는 서툴고, 상처 많고, 결핍투성이이지만, 지금 내가 하고 있는 이 일을 사랑한다. 그것으로 되었다. 당신도 분명 그럴 것이다. 지금 당신의 열정을 가장 많이 쏟아붓고 있는 그 일을 진심으로 사랑한다면, 그것만으로도 당신은 행복한 사람이니까. 나는 지금 이 삶을 사랑한다. 내 삶이 서툴고 결핍투성이일지라도.

여자라서
아니
여자임에도,
진정
행복하고 싶다

　오래전 '여자라서 행복해요'라는 광고 문구를 보고 강한 반감을 느낀 적이 있다. 그저 상품을 선전하는 광고일 뿐이었는데 왜 그토록 화가 치밀었던 것일까. 여자라서 느끼는 행복을 어떤 상품을 구매함으로써 느낀다는 설정도 싫었지만, 더 깊은 '화'는 내가 여자라서 행복해본 적이 한 번도 없었기 때문이었다. '여자이기 때문에' 느끼는 갖가지 분노와 상처를 가슴속에 간직한 채 그 아픔을 한 번도 표출해본 적이 없었기 때문이기도 했다.

　나는 페미니즘에 특별한 열정을 느껴본 적이 없었다. 진정한 페미니스트를 만나기도 전에 우리는 페미니즘에 대한 다양한 편견과 부딪히기 때문이다. 많은 여성들이 "저는 페미니스트는 아니지만"이라고 말문을 트는 이유도 바로 그

것 때문이 아닐까. 게다가 제대로 된 멋진 페미니스트를 만나기도 어려운 세상에서, '페미니스트로 산다는 것'은 정말이지 힘든 일이다. 하지만 『작은 아씨들』을 거의 20년 만에 다시 읽으며, '나도 이제 누구의 눈치도 보지 않은 채 페미니스트로 살아가고 싶다'라는 생각을 했다. 어렸을 적에는 그저 '조 마치처럼 씩씩하고 거침없이 살아가고 싶다'라는 막연한 동경을 품었지만, 지금은 조 마치처럼 살아가는 것이 얼마나 어려운 일인지, 얼마나 소중한 일인지를 비로소 알 것 같다. 내가 『작은 아씨들』로부터 배우는 페미니즘은 남녀평등을 기계적으로 주장하는 것이 아니다. 내가 아는 페미니스트는 여성성을 아무런 편견 없이 있는 그대로 받아들이고 사랑하는 사람, 남성이든 여성이든 여성성의 아름다움을 더 나은 세상을 위해 쓸 줄 아는 사람이다.

미국 페미니즘의 대모라고 불리는 작가 루이자 메이 올컷의 자전적 이야기로 알려진 『작은 아씨들』은 단순히 네 자매의 요절 복통 성장담이 아니다. 올컷의 부모는 헨리 데이비드 소로를 비롯한 다양한 사상가들이 심취했던 '초절주의 transcendentalism'라는 급진적 사회운동의 흐름에 참여하고 있었다. 루이자 메이 올컷의 아버지 에이머스 브론슨 올컷은 이상적인 공동체 프루틀랜즈Fruitlands를 설립하기도 했고, 랠프 월도 에머슨과 헨리 데이비드 소로 등과 절친한 사이였다. 하지만 아버지의 이상주의적 공동체 운동은 '가장'으로서의 책임을 다하는 것과는 양립할 수 없었고, 올컷가의 살림은 외가의 도움과 어머니의 노동으로 힘겹게 꾸려졌다. 루이자 메이 올컷의 어머니 애바는 프랑스어와 라틴어 등 외국어에 능통했을 뿐 아니라 역사학과 식물학에도 통달한 지식인이었으며, 여성 불평등에 대한 강한 자의식을 가지고 있었을 뿐 아니라 노예제도의 폐지에도 적극 관심을 보인 사람이었다.

조의 어린 시절 꿈은 '남자처럼 성공하고, 남자처럼 전쟁에 나가서 싸우고, 남자처럼 한번 거침없이 살아보는 것'이었다. "난 숙녀가 되어 긴치마를 입고 새침하게 굴어야 한다는 생각만으로도 진저리가 나. 지금도 남자아이들의 놀이나 방식이 좋은데 내 자신이 여자아이라는 게 너무 싫거든. 특히 지금은 나도 아빠랑 같이 나가서 싸우고 싶어 죽겠는데, 여자애라서 집에서 노파처럼 뜨개질이나 할 수밖에 없잖아. 정말 실망이야."

이런 천방지축 조의 어디로 튈지 모르는 야생의 열정을 긍정적인 방향으로 이끄는 것은 어머니의 조언이었다. 나는 정말 나쁜 사람이 될지도 모르겠다고, 세상에 실망할 때마다 남들을 무차별적으로 공격해버리고 싶다고 털어놓는 조를 달래며 어머니는 "나도 한때 그랬다"라고 고백하기도 한다. 현모양처를 꿈꾸는 메기, 작가를 꿈꾸는 조, 음악에 재능이 있는 베스, 그림을 잘 그리는 에이미를 키우며 남편의 이상주의를 존중하고, 온갖 노동에 시달리면서도 자선사업에까지 열정적인 어머니. 그녀는 딸들이 '노동'을 통해서는 독립심과 자긍심을 키우고, '놀이'를 통해서는 예술과 문화를 향한 사랑을 키우기를 기대한다. 그녀는 개성 넘치는 네 딸이 각자 일과 놀이가 조화를 이루는 일상, 하루하루를 보람차고 즐겁게 보내며 '시간의 소중함'을 이해하는 삶, 가난하더라도 아름다운 인생을 살기를 바란다.

소설 속에서 조 마치가 인생의 진정한 롤모델로 생각하는 것은 어머니인데, 그녀가 어머니를 존경하는 이유는 단지 완벽한 현모양처이기 때문이 아니라 '끊임없이 도전하는 여성의 아름다움'을 가르쳐준 최고의 멘토이기 때문이다. 미국 역사에서 가장 매력적인 시기가 바로 헨리 데이비드 소로, 랠프 월도 에머슨, 너새니얼 호손, 그리고 루이자 메이 올컷에 이르기까지 강력한 이상주의가 문화적 힘을 발휘하던 19세기가 아닐까 싶다. '잘 먹고 잘사는 기회의 땅 미국'이 아니라 '지금까지의 역사를 뛰어넘는 새로운 세상'에 대한 이상향의 열정이 살아 있었던 시대. 실용과 현실을 강조하는 프래그머티즘pragmatism에 자리를 내주기 전까지, 현실 세계의 유한성을 극복하고 물질에 대한 정신의 우위를 강조한 초절주의는 미국 문화 예술계를 강력하게 이끌어가고 있었다. 초절주의의 이상향이 현실을 강조하는 프래그머티즘에 자리를 내준 것은 미국의 역사를 바꾼 결정적인 장면이기도 하다. 아직은 '실용'보다 '이상'이 대접받을 수 있었던 시절, 『작은 아씨들』에는 어려운 현실에도 불구하고 진취적인 삶을 포기하지 않는 엄마와 딸이 역사상 가장 매력적인 페미니스트로 등장한다.

아버지의 이상주의적 성향으로 인해 경제적으로는 궁핍했지만, 지적으로는 최고로 풍요로웠던 콩코드에서 어린 시절을 보낸 올컷은 자신의 많은 작품을 어머니에게 헌정했다. 실제로 『주홍 글씨』의 작가 너새니얼 호손이 바로 옆집에서 살았고, 열정적인 페미니스트였던 마거릿 풀러가 올컷의 아버지가 운영한 템플 학교의 조교로 일하기도 했다. 올컷은 어머니의 헌신적인 지원 속에서 바너드A. M. Barnard라는 필명으로 10대 시절부터 이미 스릴러물을 써서 원고료를 받기도 했다.

　소녀들에게는 '여성으로 살아간다는 것이 분명 축복일 수 있다'는 진실을 가르쳐줄 것이고, 소년들에게는 '여성의 꿈과 자유를 존중해야만 하는 이유'를 가르쳐줄 수 있는 책. 어른들에게는 '어린 시절의 소중한 꿈이 성인이 되어서도 꺾이지 않은 채로 살아가는 삶'이 얼마나 소중한지를 가르쳐줄 수 있는 책. 그리고 내게는 처음으로 '내가 여자라서 정말 행복하다'라고 느끼게 한 소설이 바로『작은 아씨들』이다. 여성이 참정권도 가지고 정치인도 되고 CEO에도 오를 수 있어서가 아니라, 내가 가진 소중한 가치들 중 대부분이 '여성이기에 겪어야 했던 슬픔들' 속에서 힘겹게 잉태된 것이기 때문이다. 어린 시절 나는 내가 여자임이 수치스러웠다. 인생이라는 마라톤에서 처음부터 마이너스 42.195㎞를 뒤처져서 달리는 기분이었다. 이제『작은 아씨들』을 읽으며 때로는 눈물짓고, 때로는 미소 지을 수 있는 지금, 나는 진정 여자라서 행복하고 싶다.

조의 어머니는 개성 넘치는
네 딸들이 이렇게 살아가기를 바란다.
'노동'을 통해서는 독립심과 자긍심을,
'놀이'를 통해서는 예술과 문화를 향한
사랑을 키우기를.
하루하루를 보람차고 즐겁게 보내며
'시간의 소중함'을 이해하는 삶,
가난하더라도 아름다운 인생을 살기를.

다행이야,
아직
최고의
날은
오지
않았으니

　지난 연말 영화 「러빙 빈센트」를 보면서, '어떤 순간에도 희망을 잃지 않는다는 것'은 어떤 의미일까 생각해보았다. 고흐는 부모의 사랑도, 연인의 사랑도, 관객의 사랑도 제대로 받지 못했지만, 인생과 세계와 타인을 사랑하는 일을 멈추지 않았다. 어쩌면 그렇게 지치지도 않고 '내가 아닌 것들'을 사랑할 수 있었을까. 영화 속의 대사는 곳곳에서 그가 견뎌낸 고통의 그림자를 드러내지만, 또한 역설적으로 그가 피워낸 희망의 불씨를 환하게 드러내고 있다. "아무리 강한 사람이라도 삶을 살다 보면 무너질 수 있다"라는 말에 가슴을 저미다가도, "언젠가는 내 작품을 통해 보여주고 싶다. 이 보잘것없고 별 볼 일 없는 내가 마음에 품은 것들을. 너의 사랑하는 빈센트가"라는 편지를 보면 '고흐의 소원이 끝내 이루어졌구나' 하고 가슴을 쓸어내리게 된다. "난 내 예술로 사람들을 어루만지고 싶다. 그들이 이렇게 말하길 바란다. 마음이 깊은 사람이구나. 마음이 따뜻한 사람이구나." 고흐는 점점 자신을 압박해오는 현실의 장벽 앞에서도 예술에 대한 사랑을 포기하지 않았고, 자신의 생을 남김없이 태워 '삶이라는 이름의 위대한 예술 작품'을 우리에게 남기고 떠났다.

　연말연시에는 각종 모임에 불려 다니기보다는 '나 자신으로 침잠하는 시간'이 더욱 절실해진다. 고흐의 파란만장한 삶이 전해주는 희망의 메시지에 감동한 나는 내친김에 또 다른 예술가의 삶으로 풍덩 빠져보기로 했다. "내가 작업하는 이유는 이처럼 고통스럽고 짧은 인생을 어떻게 살아야 하는지 보여주기 위해서다"라는 자코메티의 메시지가 관람 내내 가슴속을 울렸다. 젊은 시절에는 현란한 색채로 꾸며진 그림도 그렸고, 강한 볼륨감을 지닌 조각상도 곧잘 만들었지만, 자코메티의 독특한 스타일로 자리매김한 앙상하고 미니멀한 형태감을 얻게 되기까지, 그는 고통의 잔가지를 쳐내고 쳐내 '생의 핵심'을 향해 질주하는 험난한 인생길을 걸어갔다. 뼈와 최소한의 살가죽만 남은 듯한 자코메티의 가녀린 조각상들은 우리에게 이렇게 속삭이는 것 같았다. 우리 몸을 둘러싼 모든 화려한 장신구를 떼어내면, 계급

장도 간판도 이름도 떼어내면, 우리에게 무엇이 남을까. 바로 그 '최후의 것들'이야말로 우리 생에서 마지막까지 지켜야 할 소중한 가치가 아닐까. 마침내 「걸어가는 사람」이 단독 전시된 방 안으로 들어갔을 때 가슴이 턱 막혔다. 상상을 뛰어넘는 장엄함이었다. "우리는 '걸어가는 사람'이다. 우리는 실패하였는가? 그렇다면, 더욱 성공하는 것이다. 모든 것을 잃었을 때, 그 모든 걸 포기하는 대신에 계속 걸어 나아가야 한다. 그렇다면 우리는 좀 더 멀리 나아갈 수 있는 가능성의 순간을 경험하게 된다. 만약 이것이 하나의 환상 같은 감정일지라도 무언가 새로운 것이 또다시 시작될 것이다. 당신과 나, 우리는 계속 걸어 나아가야 한다."

나는 "삶이 그대를 속일지라도 노하거나 서러워하지 말라. 절망의 나날 참고 견디면 기쁨의 날 반드시 찾아오리라"라는 푸시킨의 조언에 따라, 그냥 눈 딱 감고 정말 한동안 절망의 숲 한가운데서 가만히 있었다. 뭔가 빠져나오려고 안간힘 쓰지 않고, 그냥 그 자리에 있어 보았다. 그랬더니 거짓말처럼 희망의 불빛이 보이기 시작했다. '절망은 안 돼, 슬픔은 금지야'라고 스스로를 닦달했던 내 지난날의 조급증이 문제였던 것이다.

조금만 눈을 돌리면, 어디에나 희망의 불빛이 있다. 우리
가 그 희망의 불빛들을 좀 더 따스한 눈빛으로 바라볼 마음
의 여유만 있다면. 새로운 한 해를 위해 365일의 날짜와 요
일이 또박또박 적힌 종이 다이어리를 한 권 펼쳐보자. 그 속
에 365개의 희망의 불빛이, 365개의 아직 쓰이지 않은 희망
의 언어가 반짝이고 있을 테니. 나짐 히크메트의 시 「진정
한 여행」에서처럼 아직 최고의 날들은 오지 않았으니. 최고
의 시도, 최고의 아름다움도, 최고의 행복한 시간도 아직 오
지 않았으니. 언젠가는 반드시 올 그 희망의 시간을 위해 '변
함없이 두근거릴 심장'을 준비해두자. 눈부신 설렘의 눈길
을 준비해두자. 가장 훌륭한 시는 아직 쓰이지 않았으니까.
가장 아름다운 노래는 아직 불리지 않았고 최고의 날들은
아직 살지 않은 날들이니까. 가장 빛나는 별은 아직 발견되
지 않은 별이니까. 내가 사랑한 예술가들의 공통점, 그것은
고통의 한가운데서 생의 아름다움을 포착하는 눈부신 희망
을 발견한 사람들이라는 점이다. 아픔은 때로 우리를 넘어
뜨리고 짓밟기도 하지만, 아픔은 우리를 담금질하여 우리의
생을 저마다 하나씩의 빛나는 예술 작품으로 만들어주기도
한다.

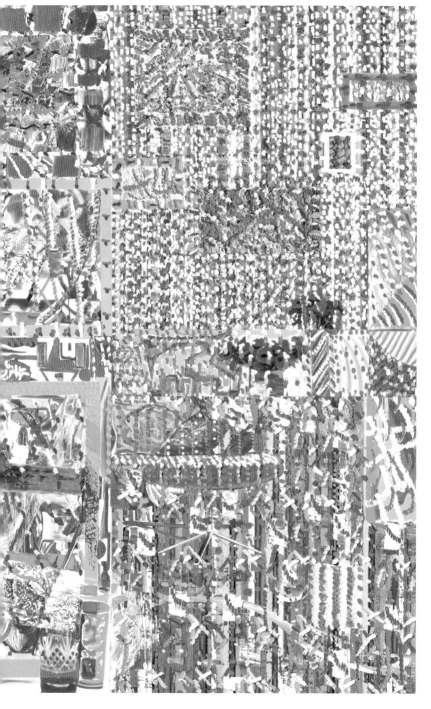

라면의
신비,
일상을
물들이다

라면은 평범한 음식처럼 보이지만 신비로운 마력을 지니고 있다. 너무 자주 먹어 '이제 좀 그만 먹어야겠다'라고 다짐한 뒤에도, 얼마 지나지 않아 또 먹고 싶어지는 기이한 중독성이 있다. 같은 라면이라도 누가 끓이느냐에 따라, 어떤 용기에 담아 먹느냐에 따라, 계란이나 파 등의 추가 재료를 얼마나 집어넣느냐에 따라 맛은 천차만별이다. 오래전 학생 식당에서 하얀 앞치마를 두른 아주머니가 계란 하나 탁 풀어 뚝배기에 끓여주던 라면 맛도 일품이었고, 친구의 자취방에서 세미나를 하며 컵라면 하나씩을 끌어안고 후루룩후루룩 입김을 불어가며 먹던 라면 맛도 그립다. 아마 그 속에는 지금은 함께할 수 없는 사람들에 대한 깊은 추억의 맛이 깃들어 있을 것이다. 혼자서 끓여 먹을 때는 다양한 실험도 해보게 된다. 숙주나물과 양파를 듬뿍 넣어보기도 하고, 물이 끓기 전에 라면을 풍덩 넣어 좀 더 오래 푹 삶은 라면의 깊은 맛을 느껴보기도 한다. 라면의 가장 커다란 신비는 '볼 때마다 또 먹고 싶다'는 것이다. 이튿날 얼굴이 붓는 것을 걱정하면서도, 우리는 텔레비전 드라마나 예능 속에서 라면을 후루룩후루룩 불어 먹는 사람들의 표정을 보면 도저히 찬장 깊은 곳에 숨겨놓은 라면을 그냥 둘 수가 없다.

좀 더 풍요로운 세상이 오면, 좀 더 다양한 먹거리가 생기면, 사람들이 라면을 덜 찾을 줄 알았다. 하지만 오히려 라면은 더욱 다채로워졌고, 라면만이 가진 독특한 매력은 어른들뿐 아니라 어린아이들에게도 어필한다. 라면 마니아의 심리적 유전자는 단절되지 않고 계속 새롭게 재탄생하고 있는 셈이다. 나의 어린 조카 현서가 라면을 워낙 좋아해서 "라면만 먹지 말고 여러 가지 음식을 골고루 먹어야지"라고 잔소리를 했지만, 한편으로는 '이제 현서가 더 이상 아기가 아니구나, 많이 컸구나' 하는 생각도 들었다. 게다가 엄마가 없을 때 라면을 혼자 끓여 먹기도 한다는 이야기를 들으니, 이제 내 마음속 아기 같은 조카의 모습은 사라지고 어엿한 청년의 모습이 그려졌다. 라면 끓이기는 아이들에겐 무척 어려운 일이다. 불을 조심할 줄도 알아야 하고, 물 양을 조절하기도 어렵고, 뜨거운 냄비를 혼자 힘으로 들어 옮기는 것도 어린아이들에게는 힘들다. 그런 어려움을 이겨내고 이제 혼자 라면을 끓여 먹을 줄 안다는 것, 라면을 끓여 먹으며 밥도 말아 먹을 줄 알고, 김치도 곁들여 먹을 줄 알면, 이제 아이들은 더 이상 '꼬마'가 아니라 어엿한 어른의 세계로 입문하기 시작하는 것이 아닐까.

배낭여행을 좋아하는 내가 오랫동안 지켜오던 철칙은 '외국에 가서는 한국 음식을 탐하지 않는다'는 것이었다. 고추장이나 김을 챙겨가면 짐도 늘어나고 자꾸 한국 음식에 의존하게 되어 '그 도시, 그 지역의 분위기에 진정으로 적응하지 못할까' 하는 두려움 때문이었다. 그러던 내가 몇 년 전 비엔나에서 호된 감기 몸살에 걸려 고생한 적이 있었다. 그때 떠오른 것이 얼큰한 라면 국물이었다. '아, 라면만 먹을 수 있다면, 지금 지갑에 남은 돈을 다 써도 아깝지 않을 텐데'라는 생각을 하며 지하철역 근처를 배회하는데, 정말 기적처럼 라면 가게가 나타났다. 일본 음식과 한국 음식을 같이 파는 허름한 식당이었는데, 정말 반갑게도 한국 라면을 직접 끓여 팔고 있었다. 구세주를 만난 기분이었다. 나는 라면 한 그릇을 한 방울도 남기지 않고 다 먹었고, 김치와 단무지가 없는 것을 아쉬워했지만, '이제 그토록 그리워하던 라면을 먹었으니 감기 몸살은 안녕이구나'라는 즐거운 믿음이 샘솟았다. 땀을 바싹 흘리며 국물을 호호 불어가며 열심히 먹었던 그 '비엔나의 한국 라면 한 그릇' 덕분에 나는 감기 몸살을 이겨내고 무사히 호된 여행 일정을 마칠 수 있었다. 머나먼 타향에서 문득 집밥의 향기가 그리워질 때, 라면 한 그릇은 집밥 한상차림의 그리움을 대신할 훌륭한 친구가 되어줄 것이다.

혼자 라면을 끓여 먹을 줄 안다는 것,
밥도 말아 먹을 줄 알고
김치도 곁들여 먹을 줄 알면
이제 아이들은 더 이상 '꼬마'가 아니라
어엿한 어른의 세계로
입문하기 시작하는 것이 아닐까.

조금은
특별한
설날을
꿈꾸는
사람들에게

얼마 전에 제라드 버틀러 주연의 「타임 투게더」라는 영화를 보다가 '일만 하고 가족은 아예 없는 성공한 남자 에드(월럼 더포)의 자화자찬을 듣고 깜짝 놀랐다. 추수감사절에 가족들에 둘러싸인 부하 직원 데인(제라드 버틀러)을 불쌍하게 바라보며, 사장 에드는 거들먹거린다. 자신은 추수감사절에 가족들과 노닥거리는 대신 회사에 혼자 나와 편하게 고독을 즐기는 편이 더 낫다고 생각하는 것이다. 그는 백만장자이지만 전혀 행복해 보이지 않는다. 에드는 누구에게도 진정한 친밀감을 느끼지 못하기 때문이다. 친밀성이란 무엇일까. '나'라는 존재의 주위를 둘러싼 관계의 힘, 그 힘을 통해 내가 얼마나 힘을 얻는가에 따라 친밀성의 강도는 달라질 것이다. 현대인이 친밀성을 느끼는 사람들은 직장이나 학교처럼 조직 생활을 함께하는 사람들일 경우가 많다. 더 많은 시간을 보낼수록 더 깊은 친밀감을 느낄 수밖에 없는 것은 옛사람에게나 현대인에게나 변함없는 진실일 것이다.

농경 사회에서 '친척親戚'은 그야말로 세상에서 가장 친한 사람들이었다. 마을 자체가 비슷한 성씨들로 이루어진 경우가 많았고, 설날이나 추석은 평소에 부족했던 영양분을 한꺼번에 보충하는 잔칫날이 될 수도 있었다. 하지만 현대 사회에서 친척은 그야말로 친밀성은 부족한데 의무감만 강한 관계가 되어버리고 만다. 명절 때 특히 스트레스를 주는 사람들은 '친척'일 경우가 많다. 아주 친하지는 않은데, 그저 '덕담'이랍시고 하는 말들이 언어적 폭력이 되어버리는 것이다. 결혼은 언제 하냐, 취직은 했냐, 대학은 어디로 정했냐는 식의 뻔한 질문은 '별로 친하지도 않은 사람들이 던지는 마음의 독화살'이 되어버린다. 이제 이런 식의 피곤한 명절로부터 과감하게 도피하고자 하는 사람들이 급격히 늘어나는 요즘이다.

어떻게 하면 모두가 저마다의 행복을 최대한 누릴 수 있는 보람찬 설날을 보낼 수 있을까. 첫 번째 방법은 조금씩 서로의 오래된 습관을 양보하는 것이다. 차례 음식을 꼭 며느

리가 도맡아 해야 한다는 강박관념에서 벗어나, 남녀노소가
조금씩 서로 돕는 더 간소하고 소박한 명절 음식을 준비하
는 것부터가 새로운 시작이 될 수 있다. 과감하게 모두가 여
행을 떠나는 집들도 늘어나고 있다. 하지만 대가족이 모두
모여 여행을 떠나는 것 자체가 스트레스가 되는 사람들도
있기 때문에 '명절=여행'의 등식이 만병통치약은 아니다. 가
족 구성원 중에 누군가가 갑자기 급격한 변화를 요구하면,
집안 분위기가 경색되기 쉽다. 조금씩 대화를 통해 작은 것
부터 바꾸어가는 찬찬한 노력이 필요하다. 우리 집은 차례
음식을 대폭 줄이고, 전이나 부침개 종류는 시장에서 우리
가 사 가기 시작하면서 여성들의 일이 많이 줄었다. 남성들
도 밤을 깎거나 제기를 닦거나 술을 사 오는 등 뭔가 자기가
맡은 일을 하나씩 하지만, 그래도 여전히 여성과 남성 사이
의 불평등은 남아 있다. 하지만 해가 바뀌면서 조금씩 나아
지는 면이 보이기 시작했다. 모두가 '다음 세대엔 차례를 지
내지 않겠다'는 것에 동의하는 눈치이고, 부모님도 기력이
쇠하시면서 '명절=차례상 차리기'가 아니라 '명절=오랜만에
다 모이는 가족의 행복한 모임'으로 바꾸려는 의지를 보이
기 시작했다. 언젠가 우리 가족도 모두가 설날에 훌쩍, 과감
하게 해외여행을 떠나는 꿈을 꾸고 있다.

설날을 조금 더 특별하게 보내는 최고의 방법은 '혼자 있을 시간'을 확보하는 것이다. 명절 내내 가족과 붙어 있지는 않으니까, 나머지 시간을 텔레비전 보기나 낮잠으로 허비하기보다는 '혼자서 적극적으로 할 수 있는 일'을 찾는 것이 좋다. 나는 명절 때 '평소에 하지 못했던 것들'을 한두 가지씩 꼭 해보려고 노력하는 중이다. 업무가 잔뜩 밀려 있을 때는 미처 꿈도 꾸지 못하던 것들, 예를 들어 미술관에 그림을 감상하러 간다든지, 콘서트에서 음악을 실컷 듣는다든지, '일 때문이 아니라 정말 내가 꼭 쓰고 싶은 글'을 쓰는 시간을 가져본다. 평소에는 책을 읽다가도 자꾸 업무 전화나 일 때문에 흐름이 끊겨버리곤 했지만, 명절에는 아예 전화를 꺼놓고 긴 책을 하루 종일 읽는 독서 삼매경의 호사를 누려보기도 한다. 나흘 정도의 설 연휴 중, 이틀 정도는 가족과 보내고, 나머지 이틀은 온전히 내 시간으로 만들어보는 것이다.

그렇게 혼자 있는 시간에, 우리가 명절이나 휴일에 더 커다란 결핍을 느끼는 이유를 돌아보자. 얼마 전에 '설날'에 관련된 시들을 찾아보다가, 설날에 대한 시가 오히려 더 슬프고 처연한 느낌을 많이 준다는 사실에 깜짝 놀랐다. 김남주 시인의 「설날 아침에」에는 이런 구절이 나온다. "까치야 까치야 뭣하러 왔냐 / 때때옷도 없고 색동저고리도 없는 이 마을에 / 이제 우리 집에는 너를 반겨줄 고사리손도 없고 / 너를 맞아 재롱 피울 강아지도 없단다 / 좋은 소식 가지고 왔거들랑 까치야 / 돈이며 명예 같은 것은 / 그런 것 좋아하는 사람들에게나 죄다 주고 / 나이 마흔에 시집올 처녀를 구하지 못하는 / 우리 아우 덕종이한테는 / 행여 주눅이 들지 않도록 / 사랑의 노래나 하나 남겨두고 가렴." 설날 아침 더욱 살갗을 아프게 파고드는 쓸쓸함을 노래한 시를 읽으며, 나는 이제야 깨닫는다. 설날이면 더 풍요롭고 더 희망차고 더 눈부신 새해의 시작을 꿈꾸는 우리의 마음 때문에, 사실은 어제와 똑같고 날짜만 바뀌었을 뿐인 우리의 설날이 더 깊은 정서적 결핍을 느끼게 하는 것이었다. 가족들의 '결혼하라', '취직하라'라는 아우성 때문에 짜증 나고 지치더라도, 조금은 이해해주자. 아직 우리에게 '지나친 관심'을 보여주는 가족 때문에 외로울 겨를도 없는 우리 자신의 '붐비는 일상'에서 축복과 감사를 느껴보자. 그리고 나보다 더 외로운 이웃, 나보다 더 춥고 아픈 사람들의 설날에 조금이라도 온기를 더할 수 있는 작지만 소중한 발걸음을 시작하자.

얼어붙은
모든
것들을
녹이는
오색
평화의 불꽃

환상적인 스펙터클, 일사불란한 매스게임, 호화찬란한 불꽃놀이. 우리가 기존 올림픽 개막식에서 봐왔던 축제적 이미지는 이런 전형적 요소들로 이루어져 있었다. 올림픽 개회식은 본래 이런 볼거리만으로도 충분히 신명 난다. 그런데 이번 평창 올림픽 개회식을 향해 우리는 더 많은 것들을 기대할 수밖에 없었다. 얼마 전만 해도 불투명하던 남북 공동 입장 및 여자 아이스하키 남북 단일 팀 구성이 극적으로 성사되었고, 일시적이긴 하지만 남북한을 잇는 교통편이 활짝 열리기도 했으며, 북한 선수단과 응원단 및 북한 고위급 인사들의 참여에 이르기까지, 매일 아침 눈뜨기가 바쁘게 쏟아지는 극적인 화합의 뉴스가 국민들의 가슴을 달뜨게 했다. 게다가 평창이다. 서울이나 부산이었다면 놀라움이 덜했을 것이다. 이미 경험이 있으니까. 한 번도 역사의 중심인

적이 없었던 평창에서, 그것도 동계 올림픽이, 게다가 남북 단일 대표 팀이 꾸려져 열린다는 것은 한반도 평화의 역사에서 분명 획기적인 전환점이다. 그리하여 이번 개막식은 단지 올림픽의 시작이 아니라 한반도 평화의 새로운 획을 긋는 웅장한 서곡의 울림으로 다가온다.

　순백의 링크 위에 펼쳐진 광활한 무대 위에서 푸르른 상원사 동종이 울리며 시작되는 개회식은 디지털의 매력과 아날로그의 매력이 절묘하게 결합된 환상적인 아우라를 연출했다. 다섯 명의 귀여운 강원도 어린이가 '평화'를 찾아 시간 여행을 떠나면서 개막식의 스토리텔링은 시작된다. 수많은 역사적 시련과 정치적 갈등 속에서도 궁극적으로 평화와 공존을 향한 움직임을 멈추지 않았던 사람들의 순수한 열정이 아이들의 꾸밈없는 몸짓에 그대로 묻어나 미소를 피어오르게 한다. 우리는 동족상잔의 '분단'으로 세계적으로 유명해져버린 국가지만, 본래 우리의 성향은 끊임없는 접속과 연결, 배려와 존중이었음을 암시하는 듯한 조화로운 퍼포먼스가 이 평화를 향한 한 걸음 한 걸음에 반짝임을 더한다. 한반도의 미래는 이제 인간과 인간, 인간과 기술, 인간과 자연이 공생하는 화합과 평화의 길을 향해 나아가고 있음을 가슴 벅차게 느낄 수 있는 공연이었다. 획일적인 매스게임보다는 풍요로운 스토리텔링을 추구한 개막식의 본래 의도가 'Peace in motion: 행동하는 평화 혹은 움직이는 평화'라는 테마 안에 조화롭게 녹아 들어갔다. 우리는 '분단'과 '단절'이 아닌 '연결'과 '소통'이라는 화두로 21세기를 이끌어갈 것임을 만천하에 공포하는 아름다운 개막식이었다.

항상 구슬프게만 들렸던 「아리랑」이 푸른색 한반도기와 함께 공동 입장을 하는 남북한 선수들의 유쾌하고 구김살 없는 얼굴과 어우러지니, 더욱이 환하고 따스한 울림으로 단장한 「21세기 신新아리랑」으로 새롭게 부활하는 느낌이었다. 나는 북한 대표 선수들과 응원단의 밝은 미소에서, 혹한기의 추위에도 아랑곳없이 불꽃같은 열정으로 공연을 펼치는 모든 사람들의 눈빛에서, 열악한 환경 속에서도 미소를 잃지 않고 세계인을 맞이하는 자원봉사단의 몸짓에서 눈부신 희망을 보았다. 앞선 올림픽에 비해 예산 규모는 훨씬 축소되었지만, 물량 공세가 아닌 스토리의 감동으로 전 세계인의 마음을 따뜻하게 달아오르게 하는 평창만의 독특한 아우라는 더욱 오래 기억될 것이다. 거창한 규모가 아닌 진솔한 스토리텔링으로, 대규모 자본이 아닌 뜨거운 감동과

철학적 메시지로 승부하는 아름다운 개막식이었다. 모두가
혹한기의 맹렬한 추위를 개회식의 최대 변수로 꼽았지만,
다행히 살을 에는 듯한 추위가 조금은 누그러져 마치 '얼어
붙었던 남북 관계'가 올림픽 개막식을 전후로 조금씩 해빙
되는 현실과 조응하는 듯했다. 하지만 올림픽의 본질은 '추
위를 피하는 것'이 아니라 '추위를 이겨내고, 때로는 추위 속
에서 눈발과 서리와도 어우러져 겨울과 하나 되는 인간의
열정'임을 증언하는 '뜨겁고도 차가운 개막식'이기에 더욱
벅찬 감동을 주었다.

　혹한기의 추위도, 남북한의 오랜 냉전도, 불안한 한반도
정세를 바라보는 세계인의 차가운 시선도 한꺼번에 날려버
릴, 우리 자신의 따스한 시선과 관심이야말로 평창 올림픽
을 성공으로 이끄는 최고의 마스터키가 될 것이다. 한국의
역사와 신화에서 가져온 다양한 노래와 이야기들, 비보이와
케이팝을 비롯한 현대의 대중문화, 그리고 최첨단의 그래픽
기술이 삼위일체를 이룬 이번 제23회 평창 동계 올림픽 개
회식은 그 어느 때보다도 드라마틱하고 역동적인 이미지로
세계인의 가슴속에 기억될 것이다. '두껍아 두껍아 헌 집 줄
게 새 집 다오'라는 우리 옛 노래와 비보이들의 유쾌한 댄스,

그리고 첨단 디지털 미디어가 결합되어 그야말로 웅장한 스
펙터클을 연출하는 모습, 국경을 초월해 모두가 어우러진
거대한 '촛불'의 물결이 「Imagine」의 평화를 함께 노래하는
모습은 단연 압권이었다. 부디 한반도에서 시작된 이 평화
의 종소리가 우리를 '전쟁 국가'나 '위험 사회'로 바라보는 수
많은 지구촌의 이웃들에게 '우리는 평화를 향해 천천히, 그
러나 최선을 다해 묵묵히 걸어가고 있음'을 전해주는 따스
한 메시지가 되기를. 부디 남북한이 냉전과 적대라는 '헌 집'
을 버리고 화합과 평화라는 '영원히 새로운 집'을 함께 짓는
새로운 역사를 열어나가기를.

행복의
기준점,
지금
바로
이 순간

　　행복의 기준이 달라지고 있다. 예전에는 좋은 집, 좋은 직장, 좋은 자동차를 열심히 노력하여 장만하는 것에서 행복을 느끼던 사람들이, 이제는 '성취'보다는 '휴식', '소유'보다는 '비움'에서 행복을 찾고 있다. '욜로'와 '휘게'라는 새로운 유행어는 행복의 가치 기준이 급변하고 있음을 단적으로 보여준다. '욜로YOLO'는 '한 번뿐인 인생You Only Live Once'의 소중함을 강조한다. 오직 한 번뿐인 인생에서 자꾸 '다음에 여유 생기면 해야지'라는 식으로 기회를 미루거나 놓치지 말고 현재를 그 자체로 즐기며 살아가는 것에서 행복을 찾는 것이다. 욜로족에게는 노후를 대비하거나 저축을 함으로써 '미래의 안정'을 준비하는 것보다는, 지금 이 순간 나 자신을 가장 기쁘게 할 수 있는 행복한 일을 찾아 도전하는 삶이 중요하다. 순간의 열정보다는 미래의 안정을 생각하며 차곡차곡

저축을 하는 기성세대의 행복과는 전혀 다른 가치관이다.

　덴마크 사람들의 행복을 상징하는 단어 '휘게Hygge' 또한 새로운 행복의 기준을 암시한다. 휘게는 사회가 요구하는 속도나 경쟁을 중시하는 삶이 아닌, 소박하고 느린 삶, 여백이 있는 삶의 아름다움을 상징한다. 휘게는 화려함이 아닌 단순함에서, 빠름이 아닌 느림에서, 사치스러움이 아닌 소박함에서 행복을 느끼는 마음이다. 『휘게 라이프, 편안하게 함께 따뜻하게』의 저자 마이크 비킹은 이렇게 말한다. 비싼 샴페인이나 향기 좋은 굴 요리가 아무리 좋다고 해도, 그것이 꼭 휘게를 불러일으키는 것은 아니라고. 크리스마스이브에 어디 멀리 나가지 않고 잠옷을 입은 채로 편안하게 집에서 영화 「반지의 제왕」을 보는 것, 향기로운 차 한잔 마시면서 물끄러미 창밖을 내다보며 오후의 여유로움을 느껴보는 것, 사랑하는 사람들과 함께 해변에서 모닥불을 피우고 도란도란 이야기를 나누는 것, 이 모든 것이 우리 마음속에서 행복의 기운을 불러일으킬 수만 있다면 그것은 바로 '휘게'다. 덴마크에 있는 행복연구소에서 일하는 저자는 '휘게'의 핵심적인 느낌을 이렇게 묘사한다. "'휘게'는 사물에 관한 것이라기보다는 어떤 정취나 경험과 관련되어 있다. 특히 사랑하는 사람들과 함께 있는 느낌과 관련이 있다. 집에 머무는 느낌, 세상으로부터 보호받는 느낌, 그래서 긴장을 풀어도 될 것 같은 그런 느낌 말이다."

　이렇듯 행복이란, 저 멀리 바깥에서, 타인의 시선으로 재단되는 것이 아니다. 바로 내 마음속에서 '기쁘다'라고 느끼는 것, '지금 이 순간이 정말 소중하다'라고 생각되는 것, '다른 사람 눈치 볼 것 없이 그저 내가 좋으니 그만이구나' 하는 깨달음을 가져오는 것. 그것이 진짜 행복인 셈이다. 우리는 '행복'과 '소비'를 연관시키는 오래된 습관과 작별하지 못했다. 어떤 물건을 사야, 어떤 사물을 지니고 있어야 행복하다고 느끼는 것이다. 또한 특정 '지위'와 '행복'을 연관시키는 관습으로부터도 자유롭지 못하다. 어느 정도 사회적 지위가 있어야 행복하다고 느끼는 오래된 마음의 습관이야말로 우리를 '바로 지금 여기서' 행복하지 못하게 만드는 마음의 장애물이 아닐까. 덴마크 사람들의 행복, 또는 웰빙을 가리키는 '휘게'라는 단어는 소유나 지위 같은 것과는 정반대 편에 있는 충족감이다. 누군가에게 주목받음으로써 행복한 것이 아니라(사실 그것은 행복이라기보다는 우월감이며 타인을 향한 승리감에 기초하는 것이기에 지극히 자기중심적인 감정이다), 누군가와 소중한 일상을 '함께함'으로써 행복을 느끼는 것이 휘게 라이프의 핵심이다. 그러니까 사랑하는 사람을 기쁘게 하기 위해 값비싼 서프라이즈 이벤트를 준비하면서 긴장감을 느끼는 것이 아니라, 오히려 소박한 저녁 식사를 함께 준비하고 담소를 나누며 평등하게 가사를 분담하는 것에서 더욱 일상적인 행복을 느끼는 것이 휘게 라이프의 본질이다. 행복은 누군가가 타인을 향해서 선물하거나 준비하는 것이 아니라, 다 함께 조금씩 천천히 만들어가는 보다 평등하고 공동체적인 즐거움인 것이다.

덴마크에서는 누구도 남들의 주목을 받으려 하거나 긴 시간 동안 대화를 독차지하지 않는다. 평등은 덴마크 문화에 깊이 뿌리내린 휘게의 핵심적인 요소이다. 이는 실제로 덴마크 사람들이 휘겔리한 저녁을 준비할 때 구성원 모두가 일을 평등하게 분담한다는 사실에서도 분명하게 드러난다. 주인 혼자 부엌에서 무언가를 준비하는 것보다는 모두가 각자 자기 몫의 음식을 준비하는 것이 더욱 휘겔리하다. 편안한 누군가와 함께 보내는 시간은 따스하고 친근하다. 또한 허물없고 포근하며 아늑하다. 신체적인 접촉이 없을 뿐이지 따뜻한 포용과 같다. 이런 때는 누구나 긴장을 풀어놓은 채 자기 자신이 될 수 있다. 그러므로 '휘게의 예술'이라는 표현에서 '예술'은 자신의 좁은 세계를 활짝 열어서 타인을 포용하는 예술이기도 하다.

— 마이크 비킹, 정여진 옮김, 『휘게 라이프, 편안하게 함께 따뜻하게』, 위즈덤하우스, 2016, 63쪽.

나는 '휘게'에서 새로운 행복의 가능성을 엿본다. 우리가 행복이라 믿었던 것들이 알고 보면 새로운 스트레스를 야기할 때가 많기 때문이다. 예컨대 넓은 집을 사면 무조건 좋을 것 같지만 매일 청소하고 관리하는 수고로움을 생각한다면, 게다가 집값이 떨어질까 늘 걱정해야 한다면, 그것을 과연 행복이라 할 수 있을까. 젊었을 때는 성공을 향해 앞만 보고 달려가다가 정작 나이 들었을 때 건강을 잃고 마음 편하게 고민을 털어놓을 진정한 친구도 없으며 가진 것은 '돈'밖에 없다면, 그것이 과연 행복한 것일까. 우리 사회가 행복이라 믿었던 것은 어떤 가치나 재화를 '독점'하는 데에 치중한 것이 아니었을까. 이런 물음 속에서 휘게는 '한 번뿐인 우리의 삶을 과연 어떻게 살아갈 것인가, 무엇이 과연 행복한 삶인가'라는 깊은 성찰의 화두를 던져준다.

　무엇보다도 휘게는 내향적인 사람, 소극적인 사람에게도 활짝 열려 있는 행복의 문이라는 점이 매력적이다. 어떤 미국인 여학생이 자신은 미국에서의 삶보다 덴마크에서의 삶이 훨씬 행복하다고 고백하면서 이렇게 말했다고 한다. "저는 내향적인 사람인데요. 그래서 저한테는 휘게가 정말 잘 맞는 것 같아요." 미국식 라이프 스타일은 '적극적인 사람', '외향적인 사람'에게 절대적으로 유리한 것이다. 그런 사회에서는 자신의 개성을 재빠르게, 경쟁적으로, 눈에 확 띄게 보여주어야만 살아남을 수가 있다. 우리 사회도 마찬가지다. '눈에 띄는 탁월함'을 얻기 위해 사람들은 끊임없이 분투하지만, 사실 모든 탁월함이 눈에 띄는 것도 아닐뿐더러 내향적이고 소극적인 사람은 이런 사회 분위기에 적응할 수가 없다. 조용하고 차분한 사람, 눈에 띄는 것을 좋아하지 않는 사람, 소극적이고 내향적이지만 마음 깊숙한 곳에 자신의 목소리를 담고 있는 사람도 행복을 느낄 수 있는 사회가 진정으로 살기 좋은 곳이 아닐까. 승리나 성취감은 짜릿한 쾌감이지만 오래갈 수가 없다. 하지만 내가 좋아하는 사람들과 함께, 평등하게, 아늑하게 삶의 구석구석에 숨어 있는 소소한 즐거움을 따라가는 일은 우리가 바로 지금 여기서 언제나 추구할 수 있는 행복이다.

　우리의 행복을 가로막는 가장 커다란 욕심, 그것은 결과에 대한 집착이다. 일을 하면서 과정에 몰입하지 않고 결과나 성취에 목을 매다 보면, 일은 그저 힘겨운 노동이 되어버리고 만다. 휴식뿐만 아니라 내가 사랑하는 일 속에서도 행복을 느끼는 방법, 그것은 지금 일을 하는 과정 하나하나를 즐겁게 만드는 것이다. 함께 일하는 사람들과 평등한 기쁨을 추구하고, 누군가에게 일을 더 많이 시키거나 강요하지 않으며, '함께 일하는 과정의 즐거움'을 배워나가는 것. 나아가 휴가 때만 행복을 찾는 것이 아니라 지금 내가 하고 있는 그 일 자체에서 소박한 행복을 느끼는 마음가짐이 있을 때 '휘게'를 향한 첫걸음은 시작될 수 있지 않을까. 굳이 어여쁜 북유럽 인테리어 소품을 내 방에 빼곡히 들여놓지 않아도, 우리는 바로 지금 여기서 휘게 라이프를 실천할 수 있다. 행복의 기준점을 '먼 훗날 성공한 나'가 아니라 '지금 이 순간, 꾸밈없는 나'로 잡으면 된다. 행복의 가치를 '더 많이, 더 빨리, 더 높이'가 아니라 '더 느리게, 더 소박하게, 더 느슨하게' 스스로를 이완시키는 것에서 찾으면 된다. 우리는 '머나먼 훗날' 행복해지고 싶은 것이 아니라 '지금 바로 이 순간' 행복해지고 싶으니까. 성공했을 때 느끼는 잠깐의 짜릿함이 아니라, 365일 우리의 일상 곳곳에서 느낄 수 있는 느릿느릿한 삶의 여유, 그것이 내가 꿈꾸는 행복의 맨얼굴이다.

커져도,
작아져도,
날아다녀도
괜찮은
아이들의
시간

　'도무지 이해할 수 없는 아이들'의 계보를 거슬러 올라가
면 그곳에는 앨리스와 피터 팬이 있다. 환상의 세계를 거침
없이 탐험하는 앨리스, 네버랜드의 무법자 피터 팬은 어른
의 규율로 길들일 수 없는 자유로운 영혼이면서, 동시에 우
리가 잊고 지내온 내 안의 무한한 가능성이다. "아이들의 정
신세계를 이해할 수 없다"라는 어른이 점점 늘어난다. 교육
방송의 「아이의 사생활」이라는 다큐멘터리 프로그램이 폭
발적인 인기를 끌어 책으로 출판되었을 정도다. 특별한 양
육 매뉴얼 없이 경험과 본능, 대가족 공동체의 협업으로 아
이들을 키워도 큰 무리가 없던 기성세대와 달리, 신세대 부
모들은 무한 미디어 사회에서 각종 게임과 유해 정보의 홍
수로부터 아이들을 지켜내느라 크고 작은 전쟁을 치르고
있다.

어른의 해석에
저항하는 아이들

그 어느 때보다도 어른들의 관심과 사랑을 듬뿍 받아 '소황제'라는 칭호까지 얻은 요새 아이들의 내면세계는 점점 어른들의 '인식의 한계'를 넘어서고 있다. 어린이만의 문화 콘텐츠가 급증하면서 '아이들은 즐길 수 있지만, 어른들은 좀처럼 따라 할 수 없는' 아이들만의 놀이 문화가 범람한다. 또래 집단과는 비밀을 공유하면서도 부모에게는 속내를 밝히지 않는 아이들의 연령대가 점점 낮아지고 있다. 아이들과 어른들 사이의 갈등을 거칠게 요약하자면 이런 모습이 아닐까.

엄마 1 게임이 네 인생에 무슨 도움이 되니? 도대체 그 게임에 무슨 의미가 있다는 거야?

아이 1 의미요? 도움이요? 그런 게 뭐가 중요해요?

엄마 2 얘, 넌 좀 어린애답게 굴 수는 없니? 도대체 무슨 애가 그렇게 말을 안 듣니?

아이 2 나 어린애 아니에요. 어린이다운 게 뭔데요? 왜 어린애다워야 하는 거죠?

엄마 3 여보, 쟤 왜 우릴 하나도 안 닮았을까. 우리 어릴 땐 안

그랬잖아. 도대체 내 속에서 어떻게 저런 게 나왔나

싶어.

아이 3 내가 왜 엄마 아빠를 닮아야 하는 건데요?

다소 도식적이지만, 대부분의 부모와 자식 사이의 갈등은 이런 식의 패턴을 따르는 듯하다. 겉으로는 대화처럼 보이지만 알고 보면 일방적인 매도와 일방적인 저항이다. 그나마 아이가 저렇게 대꾸라도 해주면 다행이다. 방문을 꼭 걸어 잠그고 자기만의 세계에 빠져 사는 아이들, 대화하자고 앉혀놓으면 엄마 아빠가 이야기하는 동안 신출귀몰한 속도로 어디론가 끊임없이 문자 메시지를 보내는 아이들 앞에서 어른들은 당혹스럽다.

사실 아이의 일거수일투족을 '사랑의 이름으로' 분석하는 어른과 어떻게든 부모의 감시를 벗어나려는 아이의 용의주도한 두뇌 게임 사이에는, 해결되지 않는 근원적인 갈등이 놓여 있다. 어른은 아이의 행동에서 끊임없이 '의미'를 찾아내려 애쓰지만, 아이는 언제나 바로 그 '의미' 자체에 저항하려 한다.

  아이의 모든 행동에서 어떤 '패턴'을 찾아내려 하는 어른, 아이의 행동 하나하나를 일종의 '상징'으로 해석해 아이를 길들이려는 어른의 시도가 늘 실패하는 까닭도 여기 있다. 어른들의 '우리 아이 분석 프로그램' 혹은 '내 아이 해석 이론'이 A냐 B냐 C냐는 중요하지 않다. 아이는 어른이 자신을 '해석'하려 한다는 사실, 그 자체에 저항한다. 우리의 어린 시절을 떠올려보자. 부모의 애정이 나에게 꽂혀 있다는 것이 일단 확실함을 눈치챘을 때, 우리들은 교활하게도 부모의 애정을 귀찮게 여기며 그 관심의 손길을 뿌리치고 그들의 시선을 튕겨내지 않았던가.

  어른의 '해석'에 저항하는 아이, 평화롭고 단정한 세계의 일원이 되기를 거부하는 장난꾸러기, 어른들이 공들여 간신히 만든 세계의 퍼즐을 일단 앞뒤 따지지도 않고 엉망진창으로 흩뜨려놓는 아이들. 이 아이들의 원형은 『이상한 나라의 앨리스』와 『피터 팬』에서 찾을 수 있지 않을까. 자신들도 언젠가는 어른이 된다는 것을, 아직은 굳이 깊이 고려하고 싶지 않은 아이들, 어른들이 만든 세계의 시스템에 어떻게든 '틈새'를 만들어내려는 아이들의 놀이, 도대체 어떤 부분을 콕 집어 "네 잘못을 말해봐! 그럼 용서해줄게"라고 협박

해야 할지도 알 수 없는, 수수께끼 같은 아이들의 원형. 그것
이 끊임없이 영화와 애니메이션으로 리메이크되는 앨리스
와 피터 팬의 마르지 않는 상상력의 원천이 아닐까.

그야말로 아무도 안 볼 때 한 대 때려주고 싶은 아이들, 어
른 말은 죽어라 안 듣는 고집불통 어린이, 우리가 '미운 일곱
살'이라고 하는, 모든 아이가 거치는 '밉상'과 '꼴불견'의 시
절. 그것은 '소중한 내 아이'에게는 절대 해당되지 않는 예외
적 병리 현상이 아니라(오히려 너무 고분고분하게 이 시절을 지나는
아이가 나중에 어떤 질풍노도의 시기를 겪게 될지 모른다), 어린이라는
존재 자체의 너무도 정상적인 보편성임을 새삼 깨닫게 해주
는 우리 모두의 고전 캐릭터가 바로 앨리스와 피터 팬이다.

앨리스가 지닌
무한한 우연의 가능성

앨리스 이전에 아이들은 어떻게
묘사되었을까. '어린이'라는 개념이 탄생한 것은 인류 전체
역사에 비춰보면 최근의 일이다. '어린이'라는 개념은 19세

기에 비로소 완성된 낭만적인 발명품이라 할 수 있다. 어린이의 천진난만함과 어른의 성숙한 경험을 대비시키려는 경향은 워즈워스나 블레이크의 작품을 통해 시작됐다.

앨리스가 탄생한 빅토리아 왕조 시대에는 크게 두 가지 아동문학이 성행했다. 첫 번째는 어린이를 '교화의 대상'으로 삼는 기독교적이고 교훈적인 아동문학, 두 번째는 어린이를 징벌의 대상이 아닌 모험의 주인공으로 그리는 아동문학이었다. 앨리스는 후자에 속하면서도 단순한 모험기 이상의 철학적 가치를 인정받아 수많은 학자의 연구 대상이 되었다.

정원을 거닐다가 우연히 토끼 굴에 빠진 앨리스가 만나는 인물들은 끊임없이 앨리스의 정체성을 의심하게 만든다. 앨리스의 키, 나이, 얼굴, 몸집, 가족, 언어, 인간이라는 사실 등등 그 어떤 것도 "나는 앨리스야"라는 것을 증명해주지 못하게 돼버린다. 앨리스는 자신의 최소한의 정체성을 의심받는 모든 상황에 직면했을 때, 짜증을 내거나 칭얼거리지 않고 점점 그 무한한 우연의 가능성에 몸을 맡긴다. 앨리스를 통해 우리는 우리가 그렇게 되지 못했지만 그렇게 될 수도 있었던 모든 가능성, 살고 싶었지만 그렇게 살 수는 없었던 그 모든 '가지 않은 길'을 대리 체험하게 된다.

앨리스의 눈에 고양이는 상냥해 보였다. 그렇긴 하지만 고양이는 발톱이 아주 길고 이빨도 무척 많았으므로, 앨리스는 고양이를 정중하게 대해야 한다는 생각이 들었다. (…)

"죄송하지만 제가 여기서 어느 길로 가야 하는지 말씀해주실 수 있나요?"

"그건 네가 어디에 가고 싶은 건지에 따라 크게 달라지지." 고양이가 말했다.

"어디든지 저는 별로 상관없어요……." 앨리스가 말했다.

"그러면 어느 길을 가든 문제없어." 고양이가 말했다.

"그러니까 어디든 가기만 한다면……." 앨리스가 설명을 덧붙였다.

"아, 그런 거라면 오래 걷기만 하면 분명 할 수 있을 거야."

— 루이스 캐럴, 이소연 옮김, 『이상한 나라의 앨리스』,

  펭귄클래식코리아, 2010, 181~182쪽.

　예절과 규율의 시대였던 빅토리아 왕조 시대에 '헤맬 수 있는 자유'란 어린 소녀에게 보장되지 않았다. 우리의 앨리스는 허클베리 핀이나 톰 소여처럼 멀리 모험을 떠나지는 못하지만 '정원'에서도 얼마든지 거대한 소우주를 체험할 수 있음을 보여준다. 빅토리아 시대의 '양갓집' 소녀들은 낯선 사람을 따라가면 안 됐고 모르는 사람과 이야기해도 안 됐다. 물론 혼자 외출하는 것은 상상할 수도 없었다.

　그러나 앨리스는 이 모든 예절과 규율의 법칙을 벗어나 마음껏 방황하고 서성인다. 앨리스는 부도덕한 것이 아니라 무도덕하며, 무책임한 것이 아니라 책임이라는 개념에 무지하다. 앨리스는 모험이 계속될수록 '비정상적인 일'이 하도 많이 일어난 나머지 '불가능한 일은 없다'라고 생각하기에 이른다. 소녀는 행위의 결과에 두려움을 느끼지 않고 행위의 의도를 굳이 묻지 않으며 다가오는 모든 우연에 몸을 맡김으로써 자신의 운명을 움켜쥐는 힘을 배우게 된다.

꿈의 세계를 닮은
무의미의 의미

앨리스는 평범한 정원 밑에 감춰진 지하 세계에서 수많은 타자와 만나며 가족과 친척 이외의 존재들과 아무런 목적의식 없이 이야기를 나눈다. 앨리스는 끊임없이 길을 잃고, 키가 커졌다 작아졌다를 반복하며, 숲을 지나가면서 자신의 이름조차 잊어버리고, 각종 동물들과 거리낌 없이 우정을 맺고, 여기저기 샅샅이 뒤지면서 자신의 정체성을 만든 모든 순간을 망각한다.

정해진 서사 구조도 탐험의 절실한 이유도 없는 앨리스의 모험이 지닌 '무의미'의 까닭 모를 매혹은 어디서 발원할까. 앨리스의 모험은 불가해한 이미지와 비논리적 스토리가 뒤죽박죽 섞인, '나'와 '나 아닌 것'의 구분이 무의미한, 시간과 공간의 구별조차 사라지는, '꿈'의 세계를 닮았기 때문이 아닐까. 꿈의 세계에서만은, 이미 어른이 되어버린 우리도 무엇이든 '의미를 부여해야 한다'라는 강박, '의미 없는=쓸모없는 행동을 해서는 안 된다'라는 강박으로부터 해방되지 않는가.

로빈슨 크루소가 대양이라는 광활한 공간을 탐험했던 것과는 달리, 앨리스는 소녀이기 때문에 정원을 탐험하도록 강요받는다. 이것은 순전히 우연한 강요일 뿐이다. (…) 무의미는 정을 단순하게 축소시킬 뿐만 아니라, 가족 관계를 와해시키고, 가족이라는 굴레에 예속된 사람을 해방시키려 하기에 더욱 신랄하다. 무의미가 꿈의 나라에 위치하는 것도 바로 이런 이유 때문이다. 꿈속에서 어머니는 때로 하트의 여왕처럼 잔인한 폭군이 되기도 하고, 아버지는 하트의 왕처럼 어리석은 인물이 되기도 한다는 것을 프로이트는 우리에게 가르쳐주었다.

  ― 장-자크 르세르클, 김계영 옮김, 『앨리스』,

    이룸, 2003, 40쪽.

앨리스는 볼기짝을 때려줘야 할 작은 괴물이 아니고, 주변의 물건들을 모조리 치워놓고서야 안심할 수 있는 장난꾸러기도 아니다. 앨리스의 그 이해할 수 없는 수수께끼 같은 모험, 정돈되지 않은 무의미의 놀이, 진지함에 대한 통쾌한 비꼬기는 따분한 교훈과 작위적인 모험을 벗어난 유쾌한 일탈이다. 앨리스의 매력은 그 어떤 정돈된 해석과 우아한 이론의 분석에도 갇히지 않는 '칭조적인 무의미'가 아닐까.

어른이 되고 싶지
않았던 우리

　　　　　　1904년 제임스 매슈 배리의 희곡
「피터 팬」이 처음 무대에 오르던 날, 팅커벨을 살리려면 박
수를 쳐달라는 피터의 낯선 외침이 울려 퍼졌다. 그 순간 관
객은 누가 먼저랄 것도 없이 열광적인 박수로 화답했다. 그
때부터 지금까지 피터 팬은 우리 모두에게 잠복한 어린 시
절의 유토피아를 상징하는 인물로 자리 잡았다. 당시는 어
린이만이 삶의 숨겨진 의미를 파헤치는 열쇠를 쥐고 있다는
생각, 교화시켜야 할 미성숙한 어린이가 아니라 어른을 치
유할 수 있는 신비한 힘을 가진 존재로 어린이의 가치가 급
부상하던 시기였다. 피터 팬은 특유의 반항기와 장난기로
어린이와 어른을 동시에 사로잡았고, 어른들의 규율로 길들
일 수 없는 자유로운 영혼의 상징이 됐다. 어른들에게 피터
팬은 이해할 수 없지만 기묘하게 그리운 것, 당혹스러우면
서 사랑스러운 것, 건방지면서도 미워할 수 없는 존재로 이
상화됐다.

　앨리스가 어른들로 하여금 '무거운 감정의 중력으로부터

의 해방'을 경험하게 해준다면, 피터 팬은 웬디와 함께 하늘을 나는 터질 듯한 희열과 동시에 '어른이 된다는 사실 자체에 대한 죄책감'을 불러일으킨다. 자신은 절대로 어른이 되고 싶지 않다는 피터 팬은 태어나자마자 엄마 아빠에게서 도망친 이유를 이렇게 설명한다.

"내가 도망친 건 아빠 엄마의 이야기를 들었기 때문이야." 피터는 나지막이 말했다. "아빠 엄마는 내가 어른이 되면 어떤 사람이 될지 이야기하고 계셨지." (…) "난 어른이 되기는 죽어도 싫어." 피터는 격앙된 목소리로 말했다. "난 평생 어린 소년으로 남아서 재밌게 놀고 싶단 말이야. 그래서 난 켄싱턴 공원으로 도망쳤고 그곳에서 요정들과 오래오래 살게 된 거야."

— 제임스 매슈 배리, 이은경 옮김, 『피터 팬』,

펭귄클래식코리아, 2008, 73쪽.

피터 팬이 부모의 집에서 도망친 이유를 설명하는 대목은 그의 기성 세계에 대한 본능적 저항을 잘 보여준다. 디즈니

애니메이션에서는 피터 팬의 이 반항과 슬픔이 생생하게 묘
사되지 않는다. 디즈니가 꿈꾸는 어린이는 '순수'하고 '유순'
하며 결국 어른의 세계에 동화될 수밖에 없는 '얌전한' 아이
들이기 때문이다.

피터 팬의 영원한
결핍과 상실

피터 팬은 영원히 어린이로 살 수
있는 축복을 누리지만 그 축복은 어머니의 사랑과 연인의
사랑을 경험할 수 있는 소중한 특권을 포기함으로써 얻어지
는 것이다. 조숙한 감수성을 지닌 웬디가 피터에게 이성으
로서의 호감을 느끼고 그 설렘을 표현해도, 피터는 전혀 눈
치채지 못하고 엉뚱한 반응을 보인다. 이런 피터가 눈치 없
고 매정해 보일 수도 있지만, 그는 어른이 될 수 없기 때문에
이성에 대한 성숙한 호감 자체를 느끼지 못하는 것이다. 어
른이 되자 저마다 무미건조한 일상에 갇혀버린 다른 아이들
과 달리, 네버랜드의 의미를 피터만큼이나 잘 알았던 웬디
는, 어른이 된 자신의 모습을 피터에게 들킬까 봐 두려워한

다. 그는 여전히 작은 소년인 피터 앞에서 자신의 몸이 너무
커 보일까 봐 몸을 최대한 작아 보이게 움츠린다. 성장에 대
한 죄의식, 어른이 됨으로써 우리 안의 소중한 가능성을 잃
어버린다는 사실에 대한 멜랑콜리가 『피터 팬』 읽기의 또
다른 묘미다.

언제나 엄마가 창문을 열어놓고 자신들을 기다려줄 것이
라고 생각하는 웬디에게 피터는 말한다.

"옛날엔 나도 우리 엄마가 날 위해 언제나 창문을 열어둘 거
라 생각했어. 그래서 난 밖에서 오래오래 지내다가 집으로 돌
아갔지. 하지만 창문은 굳게 닫혀 있었어. 엄마가 날 까마득히
잊어버린 거야. 게다가 내 침대엔 다른 남자애가 자고 있었어."

— 제임스 매슈 배리, 앞의 책, 179쪽.

피터 팬은 태어나자마자 "우리 아인 이렇게 키울 거야"라
고 결심하는 엄마 아빠의 이기심에 실망해 부모를 떠난다.

어른들이 원하는 어른이 되기 싫어 영원히 어린이로 남았지만 피터는 어린이로 남기 위해 포기해야 했던 것을 그리워한다. 피터는 웬디를 통해 안겨보지 못한 엄마의 품, 들어보지 못한 엄마의 옛이야기를 경험하려 한다. 피터 팬에 대한 어른들의 죄의식은 어린 시절의 무구한 동심을 저버리고 세속적인 의무와 욕망으로 점철된 기계적인 어른이 되어버린 것에 대한 죄의식이기도 하지만, 문명이 발전해갈수록 어린이에게 충분히 호의적이지 못한, 어린이를 자유롭고 행복하게 키우지 못하는 어른들의 집단적 죄의식이기도 하다(피터 팬이 데리고 있는 아이들이 '어른들이 부주의로 잃어버린 아이들'이라는 사실 또한 의미심장하다).

아이에게 꿈을 가지라고, 이야기의 세계를 사랑하라고 가르치기보다는 계산에 정확하고 이해타산에 빠삭한 어린이로 키우는 것이 자본주의 사회를 살아가는 어른들의 사명(?)이기 때문이다. 어린 시절의 꿈과 모순된 일상을 살아가는 문명인에게 피터 팬은 영원 회귀하는 어린 시절의 비극적인 유토피아를 반복하게 한다. 피터 팬은 디즈니 애니메이션에 나오는 것처럼 그렇게 밝고 명랑하고 순수한 존재는 아닌 것이다. 어린이를 벗어날 수밖에 없는 어른도 어린 시절을 상실하지만, 영원히 어린아이인 피터 팬도 그토록 많은 것을 상실한 존재였던 것이다.

피터 팬은 깨어 있는 동안에는 죄의식도 공포도 느끼지 않지만 잠들어 있는 동안 흐느끼는 버릇이 있다. 그의 꿈속에서는, 그의 무의식 속에서는, 흐느껴 울고, 헤매고, 두려워하는 자아가 살아 있다. 웬디가 부모에게 돌아가는 순간, 견딜 수 없는 상실감을 느낀 피터의 모습은 단지 웬디를 잃었기 때문만이 아니라 그가 절대로 가질 수 없는 것, '어머니의 사랑'이 그의 영원한 결핍으로 남을 것임을 알기 때문이다.

침대를 빠져나와 달려온 웬디, 존, 마이클이 정말로 부인의 품에 안긴 것이다. (…) 하지만 그 광경을 본 사람은 아무도 없었다. 창문으로 방 안을 지켜본 작은 소년 외에는. 피터는 그동안 다른 소년들은 절대로 알지 못하는 황홀한 기쁨들을 많이 느껴봤다. 그러나 창문을 통해 바라보고 있는 그 행복한 광경은 피터 자신은 영원히 누릴 수 없는 것이었다.

— 제임스 매슈 배리, 앞의 책, 244쪽.

무엇이든 가능했던
그때, 그 시절

앨리스와 피터 팬은 조용하고 평화로웠던, 그래서 사실 '권태'로웠던 일상에 전대미문의 야단법석을 일으키는 혼란의 창조자다. 우리가 잃어버린 우리 안의 어린아이는 단지 '순수한 동심'으로 재단되는 것이 아니라 요정의 미소와 후크의 살인이라는 양극단의 이미지를 모두 지니고 있는, 아직 정형화하지 않은 자아의 모든 가능성이다. 날아오를 수 있다고 믿으면 창공을 자유로이 날 수 있는 것이 어린아이인가 하면, 꿈속에서는 어른들에 대한 증오로 살인을 서슴지 않는 것도 어린아이인 것이다.

어린이는 우리의 경험이 '우리다운 정체성'을 규정하기 이전의 그 모든 가능성을 그리워하게 만드는 존재다. 경험이 없었기에 억압도 없었고 정체성이 없었기에 구속도 없었던 어린 시절에 대한 노스탤지어. 그리하여 우리는 어린이들을 적당히 외면하면서도 그들에게서 완전히 눈을 떼지 못하고, "애들이나 보는 거지, 뭐"라고 '공식적'으로 발언하지만, 남몰래 키덜트적 취미 한두 개쯤은 지니고 있는 것이 아닐까. 내가 나다운 무엇으로 패턴화하기 이전의 나, 나의 환경과 경험이 나의 욕망과 성격을 결정하기 이전의 나에 대한 어렴풋한 향수와 실현되지 못한 가능성을, 우리는 어른들의 동화, 어른들의 만화 속에서 끊임없이 반복하고 있는 것이다.

　피터 팬과 앨리스의 모험은 우리의 정체성과 성격, 우리의 개성과 인생행로가 결정되기 이전, 이 세상 그 무엇이라도 될 수 있었던 우리의 무한한 가능성으로 되돌아가는 아름다운 내면 여행이다. 우리가 피터 팬의 시건방짐과 앨리스의 부주의함을 기꺼이 눈감아주며 그들을 영원한 마음속 아이돌로 동경하는 이유는 바로 이것이 아닐까. 유년기의 진정한 의미는 단지 잃어버린 순수, 길들기 쉬운 유순함이 아니다. 길들지 않을수록 더욱 무한하게 펼쳐지는 잠재된 영혼의 에너지, 이미 돌이킬 수 없이 결정되어버린 어른들의 정체성으로부터의 해방, 그것이야말로 다시-어린이-되기의 영원한 유혹이 아닐까.

3월의 화가

최인선

최인선

홍익대학교 회화과 및 동 대학원에서 수학하였고, 미국 뉴욕주립대학교 대학원을 졸업했다. 1992 제15회 중앙미술대전 대상, 1994 제13회 대한민국미술대전 우수상, 1996 제2회 한국일보 청년작가초대전 대상, 2002 문화관광부 장관상 '오늘의 젊은 예술가상', 2003 제2회 하종현미술상, 2005 제1회 세오중진작가상 등을 수상하였다. 45회의 개인전을 열었으며, 베이징아트페어, 시카고 아트페어 등 다수의 주요 아트페어와 홍콩 크리스티, 뉴욕 소더비 경매에 작품을 출품하였다. 국립현대미술관, 서울시립미술관 등에 작품이 소장되었으며, 현재 홍익대학교 회화과 교수로 재직하고 있다.

뜻밖의 초대:
평범한 일상을 놀라운 미술관으로 만들다

글_정여울

'문학적인 재능'을 충분히 가졌으면서도 "난 문학은 잘 모른다"라고 하는 사람들이 많은 것처럼, '미술적인 감각'을 가졌으면서도 "저는 미술에 문외한인데요"라며 미술로부터 도망치는 사람들이 많다. 정치가만 정치적인 재능이 있는 것은 아니듯이, 문학도 미술도 음악도 전공자들의 전유물은 아니다. 나는 미술학도나 음악가가 아니지만, 미술과 음악을 통해 끊임없이 영감을 얻는다. 문학을 통해 영감을 얻는 순간은 한식의 익숙한 맛처럼 친밀해진 반면, 미술이나 음악을 통해 영감을 얻는 순간은 처음 보는 외국인과 금방 친구가 되는 것처럼 낯설고 짜릿한 매력이 있다. 어쩌면 나는 문학보다도 '문학적인 어떤 것'을 더 사랑하는 것 같다. 문학은 시나 소설, 수필이나 희곡 같은 '작품'이나 '장르' 안에 한정될 위험이 있지만, '문학적인 어떤 것'은 스쳐 지나가는 모든 것들, 일상 속의 모든 순간에 공기처럼, 빛의 입자처럼 미세하게 흩어져 있기 때문이다. 문학, 미술, 음악이 좀 더 전공자가 아닌 '문밖의 사람들'에게도 친밀하게 다가가기 위해서는, 서로가 서로에게 더욱 적극적으로 다가서야 한다. 나는 미술 전공자가 아니지만, 미술 쪽으로 좀 더 성큼 다가가고 싶다. 미술이 온 세상 사람들에게 줄 수 있는 축복이 여전히 미술관 내부, 혹은 '미술 하는 사람'에게만 한정되곤 하는 것이 안타깝기 때문이다.

　나는 미술이 글쓰기와 함께할 때 우리 일상 속으로 더욱 깊숙이 침투할 수 있음을 믿는다. 고흐가 이토록 오랫동안 대중에게 사랑받는 이유는 고흐의 편지가 남아 있기 때문이 아닐까. 고흐가 남긴 그 절절한 편지들이 없었더라면, 오늘날의 '빈센트 반 고흐'라는 뜨거운 상징은 태어나지 못했을지도 모른다. 나의 글쓰기 속으로 미술을 초대한 이유도 바로 '미술이라는 눈부신 축복'을 우리의 삶 속으로 좀 더 가까이 끌어당기기 위해서다. 나 또한 미술에 문외한이지만, 미술에 대해 이야기할 권리, 미술 작품을 보고 감동할 권리, 미술의 세계 속으로 성큼 다가갈 권리가 있음을, 이제는 믿기 시작했다. 나 스스로가 힘들 때마다 미술을 통해 깊은 치유의 힘을 얻어왔기 때문이다.

  나는 최인선 작가의 작품을 통해 그림이 꼭 미술관에 원본 형태로 있을 필요는 없다는 믿음을 지니게 되었다. 그의 미술관 시리즈를 본 순간, 나는 이미 지상에 하나뿐인 '나와 화가 사이의 미술관'에, 나아가 '나와 그림 사이의 친밀한 소통의 미술관'에 선뜻 초대된 느낌이었기 때문이다. 멀리까지 비행기를 타고 가서 꼭 고흐의 그림을 원작으로 볼 수 없어도 좋다. 고흐는 도처에 널려 있고, 그것으로 충분히 우리 삶 깊숙이 스며들어 있으니까. 고흐를 진정으로 사랑하는 사람들은 고흐의 그림이 미술관에만 있는 것이 아니라 저마다의 가슴속에서 매번 조금씩 다른 주파수와 울림으로 살아 숨 쉬고 있음을 느낄 것이다. 최인선 작가의 그림은 오브제로서 미술 작품이 아니라 작품 자체가, 작품의 화면 이미지만으로도 하나의 독립된 공간이 될 수 있음을 보여준다. 그의 그림을 본 순간 나는 지상의 하나뿐인 내밀한 마음의 미술관으로 초대받는 느낌이었으니까. 직접 미술관에 가지 않아도, 꼭 화가의 작업실에 가지 않아도 알 것 같았다. 작가가 그림을 통해 나를, 우리를, '미술적인 어떤 것'을 그리워하는 모든 사람들을 다정하게 두 팔 벌려 초대하고 있음을.

　나는 최인선 작가의 작품을 통해 모든 것들이 제자리로 돌아오는 순간을 경험한다. 색이 색으로 돌아오는 순간, 빛이 빛으로 돌아오는 순간, 형태가 복잡한 은유와 상징을 넘어 형태 그 자체로 돌아오는 순간. 그의 작품을 통해 나는 그림이란 무엇인가, 빛이란 무엇인가, 형태란 무엇인가를 계속 질문해보게 되기 때문이다. 그러면 그의 그림 속 빛, 색채, 형태들은 마치 기다렸다는 듯이 와락 우리에게 안기며, 내가 색채야, 내가 빛이야, 내가 흰색이야, 내가 빨간색이야, 이렇게 속삭이며 아이처럼 까르르 웃는 듯하다. 뭘 그렇게 어렵게 생각하니, 꼭 흰색이 순수를 상징해야 하고, 빨간색이 꼭 열정을 상징해야 하는 거니, 나는 하얀색인 채로 아름답잖아, 나는 붉은색인 채로 완벽하잖아. 온갖 빛과 형태들은 이렇게 웃음 지으며 천진하게 까르르 미소 짓는 듯하다. 이 책의 독자들도 모든 것이 순수한 원초적 생명으로 돌아오는 듯한 해맑은 빛과 색채의 감동을 함께 느껴보길 바란다.

　최인선 작가의 작품을 가만히 바라보고 있으면 마치 이런 목소리가 들려오는 듯하다. 작가의 의도나 작품의 의미를 지나치게 파고들려 하지 마. 그냥 한번 흠뻑 빠져들어 봐.

파란색이 얼마나 새파란지, 붉은색이 얼마나 선연하게 우리
의 심장을 할퀴는지, 흰색이 이 모든 빛깔들을 얼마나 거대
한 품으로 끌어안고 있는지. 나는 최인선 작가의 그림을 통
해 비로소 알게 되었다. 같은 파란색이라도 어느 순간에는
얼음물처럼 차게 느껴지고 어느 순간에는 방금 끓인 녹차처
럼 따스하게 느껴진다는 것을. 그는 무슨 색을 써야 아름답
게 보일까를 주도면밀하게 연구하는 과학자의 스타일이 아
니라, 본능과 직관의 몰아침을 두려워하지 않고 과감하고
거침없이 마치 천진무구한 어린아이처럼 색채와 놀이를 벌
인다. 그는 자신의 캔버스를 거대한 놀이터처럼 자유자재로
질주한다. 그에게 색채를 쓴다는 것은 곧 색채와 축제를 벌
이는 것이며 그 색채의 향연 속으로 관객을 초대하는 몸짓
이다. 나는 이 책을 통해 독자들을 최인선 작가의 아름다운
아틀리에로 초대하고 싶다. 장난감 대신 물감과 붓이 가득
하고, 놀이기구 대신 캔버스와 이젤이 가득 펼쳐진 작가의
아틀리에 속으로. 그의 그림들을 아름다운 예술의 놀이터로
삼아 우리도 함께 형형색색의 빛깔들이 피어오르는 싱그러
운 색채의 불꽃놀이를 즐겨보자. 미술이 음악이 되고 문학
이 되고 철학이 되는 순간, 작품이 곧 미술관이 되고, 작품이
곧 거대한 놀이터가 되어 사람들의 감수성을 뛰놀 수 있게

하는 순간, 미술은 미술의 울타리를 넘어 세상 속의 빛으로
다시 돌아올 것이다.

까르륵까르륵

가장 순수한 것들의 찬란한 웃음소리

지은이　　　정여울

2018년 3월 17일 초판 1쇄 발행

책임편집　　홍보람
기획 · 편집　선완규 · 안혜련 · 홍보람
기획위원　　이승원
디자인　　　형태와내용사이
타이포그래피　심우진 one@simwujin.com

펴낸이　　　선완규
펴낸곳　　　천년의상상
등록　　　　2012년 2월 14일 제2012-000291호
주소　　　　(03983) 서울시 마포구 동교로45길 26 101호
전화　　　　(02) 739-9377
팩스　　　　(02) 739-9379
이메일　　　imagine1000@naver.com
블로그　　　blog.naver.com/imagine1000

ⓒ 정여울, 2018

ISBN　　　979-11-85811-44-4 03810

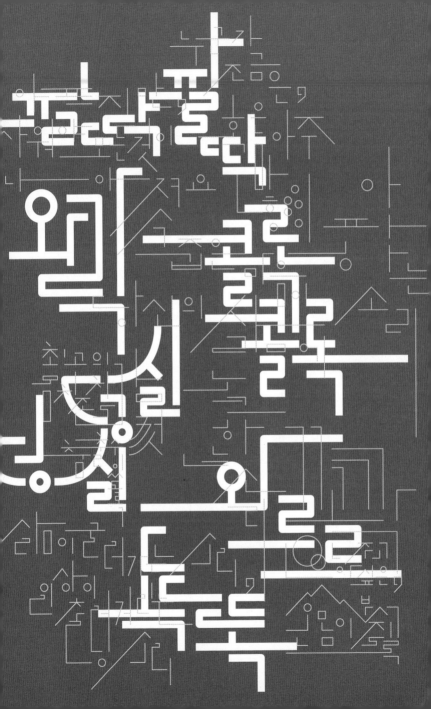

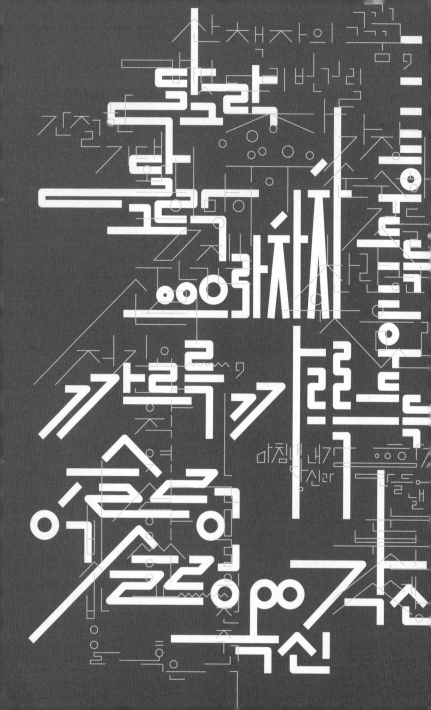